記憶喪失の花嫁は
死神元帥に溺愛される

Sakura Omi

臣桜

Honey Novel

Illustration
園見亜季

CONTENTS

序章　不幸の始まり

大陸にある帝国、ガラナディンの公爵フローレス家の娘で十九歳の〝彼女〟は、これから初夏になろうとする日差しを浴び、船に乗って島国であるエインズワースに向かっていた。

「お嬢様、もう少しであの方にお会いできますね」

強い潮風にショールをはためかせる〝彼女〟に話しかけたのは、帝国からついてきてくれた、侍女のジェイダだ。

「ええ、とても楽しみだわ。私、とうとうあの方の妻になれるのね」

そう言って幸せそうに頬を染めたのは、儚(はかな)げな風貌の美女だ。

瞳は薄い琥珀色(こはくいろ)で、金色の目と言っていい。風に靡(なび)く金髪も色が薄く、彼女の肌の白さと相まって妖精のような雰囲気を醸し出している。

全体的に華奢(きゃしゃ)でたおやかな印象なのだが、彼女の胸元にはしっかりと女性の象徴——むっちりとした肉感的な果実が双つ実っている。

「お嬢様、ここは潮風が強く、日光も強うございます。その白いお肌が日に焼け、荒れてしまっては旦那様が悲しまれます。さぁ、そろそろ中に入りましょう」

ジェイダにうながされ、〝彼女〟は「ええ」と物わかりよく踵を返す。

最初は船旅に胸を躍らせていたものの、毎日代わり映えがしない船室で過ごすのに少し飽きがきてしまっていた。

外に出ても一面の海原と空があるだけで、別段変わったところはない。

だが船室にいるよりは、新鮮な空気のある甲板に出ていたほうが気が紛れるのでは……と思い、〝彼女〟は日に何度も甲板に出ていた。

それでも甲板では帝国海軍の船乗りたちが忙しく働いていて、彼女を見守る護衛騎士たちもいる。

〝彼女〟は帝国の要人であり、万が一何かがあっては困る。

〝彼女〟が一人で外の空気を吸いたいと思っても、侍女や護衛の騎士たちがついてくるのは必須だ。

大勢で甲板にいれば、軍人たちの邪魔になる。

それを理解した〝彼女〟は大人しく階段を下りつつ、船室で侍女と何をして過ごそうか考え始めていた。

航行は一週間ほどの予定で、食料もたっぷり積んである。

保存のために塩漬けできる肉類はともかく、鮮度が命の野菜は船上では貴重だ。すぐに駄目になってしまうのでミルクもなく、乳製品は持ちのいい硬いチーズなら食べられる。

宮殿にいた時のようになんでもふんだんに……とはいかないが、従兄（いとこ）である皇帝が気を回してくれたお陰で、軍人たちともども食に困ることはなかった。

夜になって壁をくりぬいたような作りのベッドに潜り込むと、〝彼女〟はウトウトと目蓋を下ろしつつ婚約者のことを考える。

〝彼〟と最後に会ったのは、二年前の十七歳の時だ。

思えば帝国とエインズワースの間には海を挟んでいるのに、〝彼〟はよく自分を訪（おとな）ってくれたと思う。

（こんな大変な船旅を、あの方は何度も繰り返してくださったのだわ）

そう思うと、〝彼〟の自分への愛を感じられる気がして、胸がキュッとなる。

目を閉じると柔らかい唇の感触や、髪を撫（な）でてくれる大きな手、耳心地のよい低い声など、大好きな人を鮮明に思い出せる。

サラリとした少し長めの黒髪と、夜空を溶かしたような深いブルーアイ。

〝彼〟の右目はいつも黒い眼帯に隠されているのを思い出し――、〝彼女〟は苦く微笑（ほほえ）む。

夜は昼間の疲れが溜まっているからか、少し塞ぎがちだ。〝彼〟の右目のことを考えると、たまに眠れなくなってしまうこともある。

(大丈夫。私はこれからあの方に嫁いで、幸せになるの。あの方をお支えしてみせる)

自分に言い聞かせ、〝彼女〟は手を伸ばすと、枕元に置いてあるジュエリーボックスに触れた。

それは、帝国で〝彼女〟が〝お姉様〟と呼んで懐いている皇妃から下賜されたものだ。中にはダイヤモンドと真珠でできた、結婚式用のティアラやネックレス、イヤリングなどが入っている。そして皇妃から「もしエインズワースに無事到着したら、落ち着いた頃でいいので、妃殿下に渡してください」と託された手紙もある。

ジュエリーボックスは海水に濡れても構わないように、油紙を何重にもして紐できつく縛ってある。

(お姉様がくださったお役目も、きちんと果たさなければ)

大好きな皇妃からお願い事をされて、〝彼女〟は使命感に満ちていた。

(航海は順調で、あと一日でエインズワースに到着する見込みだと艦長が言っていたわ。もう少しでお会いできますね……)

胸の中で婚約者に語りかけ、〝彼女〟は幸せそうに微笑んで眠りの淵に意識を投じる。

ドタドタ……と慌ただしい足音が聞こえて、〝彼女〟はフッと意識を引き戻した。

煩(うるさ)いと思って意識が浮かびかけていたが、ドカァンッと大きな音がして一気に覚醒した。

(何かしら……?)

ネグリジェ姿のまま、〝彼女〟はランプで照らされた自室を見回す。

船室は基本的に暗いので、宮殿にいた時のように明確な昼夜の差がわからない。

小さな丸い窓に寄ってカーテンを開けると、外は真っ暗——のはずなのに、どこからか火が燃えているような赤い光が見えた。

「まだ夜……? それにあの光は何?」

船内がやけに騒がしい気がする。軍人たちは酒好きの陽気な者たちだが、自分たちが責任を持ってエインズワースまで送り届ける貴人が眠っている夜は、基本的に気を遣って静かにしてくれている。

だからこそ、〝彼女〟は強い違和感を覚えた。

ひとまず部屋の外に出て様子を探ってみようと思い、侍女の手助けもなく簡単なドレスを被(かぶ)って背中にある紐(ひも)を縛り、ショールを羽織った。

ソロリとドアから顔を出した時、「お嬢様!」とジェイダの声がした。

「ジェイダ、どうしたの?」

「騎士隊長殿に起こされて事情を聞いておりました。これからお嬢様を起こしに参ろうと思って駆けつけたところです」

ジェイダは相当混乱しているのか、無意識にスカートを揉(も)んでしわくちゃにしていた。

「しっかりして？　深呼吸をして、落ち着くの」

ジェイダの頬を両手で包み、〝彼女〟はしっかりと目を見つめて告げる。

主(あるじ)に言われてハッとしたのか、ジェイダは目を閉じて何度か深呼吸を繰り返し、口を開いた。

「見張りが不審な船を見つけたとのことです。髑髏(どくろ)の旗を掲げていることから、海賊船で間違いありません。近年、貴族の輿(こし)入れや外遊の船が出たという情報を得ては、金品目当てに襲ってくる事件が多発しているようです」

「そう……」

あと一日でエインズワースに着くのに……、と〝彼女〟は歯嚙(はが)みする。

「護衛艦も気づいて編隊を変え、応戦しているようですが、海賊船も一隻だけではございません。もう後方では大砲の撃ち合いがされています。速い船がこの船に追いつき、海賊が飛び乗ってくるのも時間の問題です」

知らない間に奇襲を受け、一刻の猶予もない状況に〝彼女〟は血の気が引いた。

「艦長が小舟を準備してくれているとのことです。私と騎士二人が同乗しますから、逃げましょう。お嬢様は大切なものだけをお持ちになってください」

「わかったわ」

持ってきたドレスなど、どうにでもなる。

〝彼女〟の脳裏に浮かんだ〝大切なもの〟は一つだけだった。

部屋に入ってすぐ出てきた〝彼女〟の手には、皇妃から譲り受けたジュエリーが入っている三段ボックスがある。

「それだけで構わないのですね？」

「ええ。これ以外に必要なものはないわ」

廊下には騎士隊長と騎士がもう一人立っていて、「こちらへ」と二人を先導した。

甲板へ上がると、そこは戦場のように慌ただしかった。

指令官が声を荒らげ、「帆を張れ！」と命令を出し、他の軍人たちは少しでも速く進めるように余分な積み荷を捨てている。また、すぐにでも海賊に対抗できるよう、大砲の準備もしているようだった。

そんな中、〝彼女〟たちの姿を認めて艦長が沈痛な面持ちで歩み寄ってきた。

「高貴な方の輿入れをお手伝いしていたというのに、最後までお届けできず申し訳ございません。あちらにすぐ下ろせる小舟を用意してあります。万が一のための小舟でしたが、この船も襲われない保証はありません。オールで漕ぐしか手がありませんが、どうかエインズワースまでご無事で……！」

「艦長さん、ありがとうございます。海賊相手に大丈夫なのですか？」

その問いかけに艦長は微笑んで「お任せください」と胸を叩いた。

「船は最大十人乗れます。残りは船の乗組員を乗せ、航海に必要なものも持たせます。あと一日程度なら、手漕ぎでも港に着くことができるでしょう」

「ありがとうございます」

艦長に向かって淑女として最高のお辞儀をしたあと、〝彼女〟は「お嬢様、お早く」と急かされ小舟に乗り込んだ。

船員たちがハンドルを回し、小舟を海面に向けて下ろしていく。

やがて海面まで小舟が届いたあと、ロープがハラッと落ち、「それでは漕いで参ります」と軍人と騎士たちが手にしたオールを動かし始めた。

その日の昼間まで快晴だったというのに、夜の海は荒れ狂っていた。

六分儀を持った軍人は望遠鏡部分を覗き、エインズワースの港街カリガにある灯台を探す。

荒波の中でも、複数の男たちがオールを動かしているからか、小舟は波に乗ってどんどん船から離れていった。

（あれは……）

だが離れて気づいたのは、帝国の優美な船に迫る複数の黒い船体だ。

雨が降っていて視界が悪いのであまりわからないが、船と船の間はそれほど空いていない気がする。

（どうかご無事で……！）

大切な荷物を抱え、〝彼女〟は両手を組んで天に祈る。

「お嬢様、波がいよいよ荒れて参りました。しっかり摑まっていてください」

「ええ」

頷いた〝彼女〟は、肩にかけていたショールを細く折り畳んで帯状にし、自分の腰にジュエリーボックスをしっかりと結わえた。

そして両手で小舟の縁に摑まっていたのだが――。

突如としてドカーン！と大きな爆発音がしたかと思うと、すぐ近くの海面で大砲の弾が炸裂した。

「きゃあっ！」

大きく小舟が揺れ、〝彼女〟は悲鳴を上げ歯を食いしばる。

波を被って髪や服が濡れてしまったが、全員同じだ。

「どうやら戦闘が始まったようですね。気づかれているかはわかりませんが、全速力で進みます」

軍人が言い、それから誰一人として無駄口を叩かず一心不乱にオールを動かし続けた。

本当なら手伝いたかったが、オールはすべて男性たちが手にしていて、非力な〝彼女〟が手伝ってもろくな足しにならないだろう。

（大丈夫。私は絶対に生きてあの方と結ばれるの……！）

ギュッと唇を引き結んだ〝彼女〟は、あまりに過酷な現状を幸せな妄想で打ち消そうとした。

愛しい人がこちらに手を差し出し、微笑んでくれている姿が見える——。

自分の名前を呼び、「おいで」と言ってくれる——。

だが脳裏に浮かんだ〝彼〟の声は、激しい波音と次に迫った大砲の轟音にかき消された。

舌を噛まないようにするのが精一杯で、怯えているジェイダを宥める間もない。

後方では激しく大砲を撃ち合う音がし、その振動がこちらにまで伝わってきた。

（神様、どうか船の皆さんをお救いください……！　そしてどうかあの方の元に無事に辿り着けるよう、見守ってください……！）

そう祈り、大切なジュエリーボックスを抱きかかえた時だった——。

「うわぁっ！」

誰かの悲鳴が聞こえたかと思うと、ぐぅ……っとせり上がった大波から、小舟が放り出されてすべてが逆さまになった。

「!!」

〝彼女〟の体は海中に放り込まれ、鼻の奥がヅンッと痛くなる。

必死に両手を掻(か)いて海面に顔を出した〝彼女〟の頭上で、カッと稲妻が走った。

砲撃の応酬をする轟音に加え、天が怒っているような光景が目に入り、〝彼女〟は絶望しかけた。

大切な侍女や騎士たちの姿も、波間のどこにあるかわからない。

(……あの方の元へ絶対に辿り着くの!)

頬を伝ったのは、涙だったのか、海水だったのか。

〝彼女〟は歯を食いしばり、帝国の〝お姉様〟に習った溺れた時の対処法を思い出した。

着衣で水に落ちた場合、成人男性であっても腕を上げることすら大変だ。

なので無理に泳ごうとせず、浮かぶことを考えた。

幸い着衣の場合、服が空気を孕(はら)むので全裸でいるよりも浮かびやすいのだそうだ。

なるべく体の力を抜いているが、ジュエリーボックスがあるため、どうしても体が沈んでしまう。

「!」

その時、波間に大破した小舟の木材が浮かんでいるのを見つけ、〝彼女〟は必死になってそれに摑まった。結わえていたジュエリーボックスを板の上に置くと、あとは手を添えて懸命にバタ足をする。

胸にあるのは、生きて必ず愛しい人に会いたいという一心のみだった。

長い夜が明け、〝彼女〟はボロボロになった姿でどこかの海岸に辿り着いていた。

もう指一本動かせないほど疲弊し、体も芯まで冷えきっている。

だが海賊に追われているという焦燥感が体を動かす。〝彼女〟は体を引きずるようにして、海岸の岩場にある石を懸命にどかす。太腿(ふともも)にあるバンドに留めている短剣で、胴に巻いていたショールを切った。ショールの残骸が浜辺に落ちていれば追っ手の手がかりになるかもしれないので、その上に石を積んでジュエリーボックスを隠す。

さらにあとで見つけやすいように、目についたオレンジ色に白い線の入った特徴的な石を一番上に置いた。

「逃げなければ」と思うものの、〝彼女〟は緊張の糸が切れてその場に倒れ伏してしまう。

砂のついた〝彼女〟の頬を、朝焼けを迎えようとする光が照らす。

死人のように青白くなった〝彼女〟は微(かす)かに睫毛(まつげ)を震わせ、唇を小さく喘(あえ)がせた。

「――――、……さ、……ま……」

愛しい人の名前を呼んだはずだった。

だがどうしてか、〝彼〟の名前を思い出すことができなかった。

世界は朝を迎えようとしているのに、そのまま〝彼女〟の意識は闇に呑(の)まれていった――。

第一章　裏オークション

──声が聞こえる。

ザワザワとさざめいている声は、まるで海の波のようだ。

海……と思って〝彼女〟は何かを思い出しかけ、ズキッと激しい頭痛を覚えて目を覚ました。

体は柔らかい何かに支えられているが、ベッドではないようだ。

「ん……」

うっすらと目を開くと、薄暗い場所にいるらしい。緩慢に自分の状況を確認すると、なぜか下着姿だった。

白地に美しい刺繍(ししゅう)の入ったコルセットの下は、秘部を三角形の布で包み、腰の両側でリボン結びにした下衣のみだ。だというのに腕には結婚式につけるような白い長手袋が嵌(は)められ、どうやら顔には白いヴェールがかかっている。

腰にあるレースのガーターベルトが伸び、太腿の半ばから長靴下が続いていた。

（……この姿は何？　まるで着替え途中の花嫁のようだわ）

本格的に起き上がろうとした時、見知らぬ男の声がした。

「おっ、姫さんがやっと起きたぜ」

明らかに紳士のものではない口調にビクッとし、いよいよ〝彼女〟は意識を現実に引き戻す。とっさに両手で体を隠したが、隠せているようで隠しきれていない。

自分を鉄格子越しに不躾に見ているのは、目元に仮面をつけた男だ。身につけているものは紳士と言える服装だが、彼が醸し出す雰囲気や口調は下品と言っていい。着ているものと中身のちぐはぐさが、男の胡散臭さを際立たせていた。

「……な、何者です」

怯えて身を縮こませながらも、〝彼女〟は気高く問う。

相変わらず酷い頭痛は続いているので、その眉間には微かに皺が寄っている。

「おやおや、命の恩人に対してその態度かい？　良家のお嬢様というのは、随分礼儀知らずなようだ」

だが「命の恩人」「礼儀知らず」と言われ、無意識の矜持が〝彼女〟の態度を迷わせる。

「……ど、どういうことですか？」

相手が自分の命の恩人ならば、相応に礼を尽くさなければいけない。〝彼女〟の態度が軟化したのを知って、男はつけ上がったようにせせら笑う。

「まぁ、あんたが礼を言うべき相手は俺じゃねぇけどな。海岸で倒れていたあんたを仲間が見つけて、ズタボロだったものの、生きている上に洗ってみればとんでもない美人だとわかった。こりゃあ商売のタネになるって親分が引き受けて、あんたは生き延びた。どうだい？感謝すべき経緯だろ？」

（どこに感謝するいわれがあるのかしら……）

心の中でポツッと突っ込みつつ、〝彼女〟は事を荒立てないように微妙に微笑んで黙る。

いま自分は檻の中にいる。だが檻といっても牢屋にいるわけではなく、まるで巨大な鳥籠のようなものの中だ。

周囲はまるで劇場の舞台裏のような場所で、裏方らしき仮面をつけた男たちが忙しそうに働いていた。

状況のわからない中で、この男に逆らって怒らせるのは愚策だと思った。

礼を言うつもりで詳細を訊こうとすると男が経緯を教えてくれたが、自分は拾われたと言っていいようだ。

海岸に倒れていたと言われ、そう言えば靄のかかった記憶の中、自分は海に関係する場所にいたような気がした。

だがそれ以上は思い出そうとしても、自分がどこの誰なのか、どこから来てこうなったのかわからない。

（……嘘……でしょう？）

今になって自分の記憶がまったくないことに気づき、〝彼女〟は手で口元を押さえたまま固まる。

返事をしない〝彼女〟の態度を、男は〝彼女〟が自分の言葉の通り恩を感じているのだと解釈した。

「まぁ、恩を感じるなら、これからあんたのご主人様になる人に返せばいい。そのほうが俺たちとしても願ったり叶ったりだからな」

「……ご主人様？」

夫を指す言葉としての〝主人〟ではなく、主従関係としての〝ご主人様〟という単語をチラつかされ、〝彼女〟は固まっていた思考をむりやり動かす。

男は軽薄そうな笑みを浮かべ、人の声が聞こえる側に向かって顎をしゃくってみせた。

「向こうはステージだ。あっちでは今、裏オークションが開催されている。あんたは大事な商品になった。ステージに出る前に目覚めてくれてよかったよ。お客さんの中には、女の目の色を気にする方も多いからな。……ふぅん、金色の目とは珍しいもんだ」

男は鉄格子に近づいて〝彼女〟の顔をまじまじと見てくる。

「こうやって見れば震えがくるほどの美女じゃねぇか。肌は透き通るように白くて、おっぱいは零れんばかりだ。腰は細く括れて、だというのに尻から太腿はむっちりしてる……。堪んねぇ体だな」

「………っ」

記憶はないが、生まれて初めてこのように無遠慮な見方をされた気がする。

思い出せないので比較のしようもないのだが、感覚として「いくら下着姿とはいえ、自分をこんなふうに下品な目で見た人はいなかった」という思いがこみ上げる。

本当なら「無礼者！」と言いたかったが、〝彼女〟はとても非力な立場にあった。

「あんたみたいに色っぽくて品のある女なら、すぐにでも買い手がつくだろ。まぁ、誰に引き取られてもやることは一緒だろうが、どうせなら優しいご主人様に飼われるといいな」

言いながら男は自分の片手を軽く握って上下に振ってみせる。どうやらそれは何かを示すジェスチャーらしいが、〝彼女〟は何を意味しているかわからなかった。

それでも男がニヤニヤ笑いながら言っていることと雰囲気から、ろくなことでないのはわかった。

（私……これから本当に売られるのだわ）

目覚めると破廉恥な姿になっており、鉄格子に入れられている上に記憶もない。

絶望的な状況で、〝彼女〟はなんとか現状が好転しないかと、鉄格子を握り男に懇願する。

「お願いします。どうか逃がしてください。見知らぬ人に売られるだなんて、そんな……」

人身売買など、法に触れている。

どこの法に基づいての知識かわからないが、〝彼女〟はこれが非人道的な行為だと必死に訴える。

「諦めな。俺たちは金がほしい。あんただって、着る服すらないのに、ここで外に放り出されて生き延びる自信があるのか？　生きていくための特技を持っているか？　細い腕に綺麗な手をしてるが、力仕事なんてしたことないだろう。俺たちは職業柄あんたみたいなお嬢さんを大勢見てきたが、全員行き着く先は同じだ」

「行き着く先……とは……？」

聞きたい気持ち半分、聞きたくない気持ち半分で問う〝彼女〟に、男は唇を皮肉げに歪ませた。

「簡単さ。男に股を開いて気持ちよくさせてやる仕事だ。それが一番手っ取り早いだろう？　実入りもいいし、上手くいけば金持ち男の情婦になれる。上手に立ち回れば一生安泰だ」

「そんな――」

男の言葉を聞いて反論しかけた時、向こう側から「お姫さんの出番だ」と別の男の声がし、話していた男が〝彼女〟に向かって手を振った。

「さあ、お喋りはおしまいだ。お嬢さん、もしあんたが高貴な出の女だとして、自分の家族や近親者に〝醜聞〟を聞かせたくなかったら、そこにあるマスクで顔を覆うことをお勧めするぜ」

言われて後ろを見ると、〝彼女〟が座っていた寝椅子の肘かけに、白い鳥の羽や花で飾られた、レースのアイマスクが置かれてあった。

「裏オークションのお客は、自分や他の客が買った〝商品〟の正体の秘密は守るルールになっている。だが万が一あんたがとても有名人だった場合、いくら秘密を守るルールとはいえ、噂はどこまでも広がっていくだろう。あんたの両親や夫、愛人……、そんな人間にあんたが売られたって知られたらどうなるかな？」

意地悪に笑った男の言葉を聞いて、〝彼女〟は真っ青になってマスクを手に取り、白いリボンを後頭部で結んだ。

「素直ない子だ。あんたはどうやら機転の利く頭のいい女らしいな。幸運を祈るよ」

これからステージに出るのなら、ここは舞台裏だろう。荷物やカーテンの裏から他の男たちが出てきて、「せーの」と〝彼女〟が入った檻を動かし始めた。

「待って……！　待ってください！　まだ訊きたいことが……」

「諦めな。俺は足のつくことは話さない。あんたはこれから先の運命を受け入れるべきだ」

それ以降男は言葉を発さなくなり、ガラガラという車の音と共に〝彼女〟は一際明るい場所に出された。

に去っていった。

「…………っ」

今まで薄暗いところにいたからか、突然の光量に〝彼女〟は両腕で目元を庇った。

「お嬢さん、胸を張ってニコニコ笑って、いい買い手がつくようにしてな」

最後に男はそう囁いてから、他の男たち同様に客席に向かって丁寧にお辞儀をし、舞台袖に去っていった。

「あ……」

ステージ上からの光景にようやく目が慣れ始めた頃、突如として甲高い男の声がした。

「さぁて！　最後を飾るのは世にも美しい白き美女！　海に流れ着いた人魚姫の化身でございます！」

ビクッとしてそちらを見ると、ゴテゴテと飾り立てた夜会服に身を包んだ小太りな男が、宝石のついたステッキを〝彼女〟に向けていたところだ。

小太りな男は思いつく限りの美辞麗句を並べ立てたあと、「五千万から始めます！」と裏オークションの始まりを告げた。

ステージはシャンデリアに照らされている一方、客席のほうは暗くあまり見えない。

だがよく目を凝らすと、仮面を被った客たちがジッとこちらを見て、何か札を上げているのがわかった。

「七千万、八千、九千万……！　ありがとうございます！　一億！」

小太りな男は喜色を浮かべ、数字をどんどんつり上げていく。

〝彼女〟は椅子に座ったまま、体を強張（こわば）らせて自分につけられる値段を聞くしかできなかった。

もうこうなっては逃げ出すことも叶わず、ただ成り行きを見守るしかない。

「一億二千……一億五千！　おーっと、一億八千！　二億！」

〝彼女〟にはわからない客からのサインを読み取り、小太りな男は値段を口にしながら、客に対して「もっと来い」と手でジェスチャーしている。

「ここで、五億！」

突然値段が跳ね上がり、会場がざわついた。

「二十四番のお客様が五億をお出しになりました。他にいらっしゃいませんか？　おっと！五十番のお客様が七億！」

それからあとも、どうやら二人の客が競り合っているようだった。

何がなんでも自分を競り落とすという意志を感じ、〝彼女〟は自分の気持ちが無視されている事実に身を震わせる。

（きっと買い手がついても、この競売のように私の意思など何も考えられず、奴隷にように扱われるのだわ）

気がつけば極度の緊張で彼女はフラついていた。加えて目覚めた時から続いている頭痛に歯を食いしばる。寝椅子の背もたれに背中を預けて、少しでも息を吸って楽になろうと努力するが、コルセットをきつく締められた胴では深呼吸すらままならない。

(いけない……。気が遠くなってきたわ……)

寝椅子の肘かけをギュッと握り締め、懸命に意識を保とうとしたが——。

「十億！　二十四番のお客様が十億を出されました！　他にいらっしゃいませんか？　——では、落札！」

カン！　と木槌(きづち)の音がしたあと、〝彼女〟は自分の運命が決まったことに絶望し、ふぅっ……と意識を遠のかせた。

そこがステージ上であることも忘れ、〝彼女〟は寝椅子にぐったりと身を任せる。

その後、檻が動かされてまた舞台裏まで移動したのはうっすらと理解したのだが、突如として遠くから大勢の人間が入り込む物音が聞こえた気がした。

「逃げろ！」という男の声が聞こえたり、女性の悲鳴が聞こえたりもした。戦場など知らないが、戦場さながらの怒号や物音がしばらく続く。

やがてそれが静まった頃、小さな金属音がして檻が揺れた。

「……大丈夫か？」

檻の中に誰かが入ってくる気配がし、〝彼女〟はうっすらと目を開く。

目の前には黒い仮面をした背の高い男性が立っていて、〝彼女〟の頬を片手で撫でてきた。

(やめて……。触らないで……)

精一杯抵抗できたのは、左側を向いていた顔を、なんとか右側に向けることだけだった。

〝彼女〟の抵抗を見て男性は一つ息をつき、両手でグッと抱き上げてくる。

「……ゆる、……して、……くださ……い」

半ば気を失った状態で呟(つぶや)いた彼女の額に、何か柔らかなものが押しつけられた。

「もう心配しなくていい。もう何に怯える必要はない」

その声を「どこかで聞いたことがある」と思い、男性から香る微かな甘い匂いを「どこかで嗅いだことがある」とも思った。

だがもうすべてに抗(あらが)う気力を失った〝彼女〟は、男性に体も運命も任せたまま、本当に気を失って意識を闇に落とした――。

第二章　彼女を買った隻眼の主

振動がする。

ガラガラと車輪が回る音がするので、この振動は馬車が移動しているのだろう。

ふ……と息をついて目を開けると、ランプに照らされた天井が目に入った。

そしてこちらを見下ろしている、隻眼(せきがん)の男性とバチッと目が合ってしまった。

「えっ……」

〝彼女〟は一気に覚醒して起き上がろうとした。だがまだ頭に重たい感覚があり、こめかみに手をやって小さく呻(うめ)く。

「無理をするな。私がわかるか？」

隻眼の男性は残された左目で〝彼女〟を見つめ、心から心配しているという様子で尋ねてきた。

男性は黒い軍服を身に纏い、右目を眼帯で隠している。隻眼だからか、全体的に表情を窺えない冷徹そうな雰囲気があり、どこか怖い。無駄なものをそぎ落とした隙のなさがあり、彼を目の前にすると自然と畏怖を覚えてしまう。

それでも片目を失う前は完璧な美貌を誇っていただろう精悍な顔つきは、自ずと人の注目を浴び、大勢の上に立つ支配者としての風格を醸し出していた。

そんな彼に「私がわかるか？」と言われても、〝彼女〟は自分の名前すらも覚えていない。

体は男性の膝の上に横抱きされたままな上、馬車の中なのでどこにも逃げられない。

あの破廉恥な下着は着たままらしいが、幸いなことに体には男性のものらしきマントがしっかりとかけられ、肌は隠されていた。

少し安堵したあと、〝彼女〟は怯えながらも小さく首を横に振る。

当惑と不安、怯えしかない瞳に見つめられた男性は、しばらく深いブルーアイで〝彼女〟を見つめ返したあと、溜め息をついて「わかった」と頷いた。

「私の名はアイザック。そしてここはエインズワース王国。私はリーガン公爵とも呼ばれ、この国の軍部を預かる元帥の役職を担っている。歳は三十」

眼帯をした「怖い」印象の男性が名乗る。

その雰囲気と冷酷そうな顔立ちから、〝彼女〟はてっきり彼が裏社会に通じる人なのかと思ってしまっていた。

だが彼は思っていた以上に高い地位にいる人で、〝彼女〟は肩の力を少し抜いた。

「君の名前は？」

アイザックと名乗った男性は、改めて丁寧に質問してきた。

彼は近寄りがたく冷徹な雰囲気があるものの、自分に対して誠実に接しようとしてくれているのがわかる。

それでも〝彼女〟は自分が何者なのか、どこから来たのかすらわからない。公爵であり元帥だという立派なアイザックに対し、自分は申し出られる家名も名前すらもない。

あまりに情けなく、〝彼女〟は小さく首を横に振り、桃色の唇を引き結んだ。

「……自分の名前を覚えていないのか？」

その質問には、コクンと頷く。

「裏オークションの司会は、君が海岸に流れ着いていたと言っていた。それについて覚えていることは？」

言われた途端、うねるような大波が脳裏に蘇り、ズキッと重たい頭痛が〝彼女〟を襲ってきた。

「あっ……、く……」

両手で頭を抱えて苦しみ出した〝彼女〟を、アイザックは慌てて抱き締めてきた。

「いい。思い出さなくていい。……すまない」

まるで怯える幼子を宥めるかのように、アイザックは〝彼女〟の頭や背中を撫でてくる。

彼が自分を優しく扱ってくれるのに感謝しながらも、〝彼女〟はこれから自分がどうなるのかわからず、途方に暮れていた。

「名前がないと不便だから、君のかりそめの名前を決めようか」

アイザックの提案に〝彼女〟は頷く。

「希望する名前はあるか？」

尋ねられたものの、自分がどこの国に属する者なのかすらわからない。フッと思い浮かんだ名前はあるが、それは誰か他人の名前かもしれないし、本の中で知った名前かもしれない。

仮名であっても、誰かのものかもしれない名前を使うのは憚られた。

だから〝彼女〟は、また首を左右に振る。

「そうか……。なら、ステラはどうだ？　〝星〟という意味だ」

アイザックに名前を与えられ、〝彼女〟はその単語を口の中で転がす。

「ステ……ラ……」

「どうだ？」

自分を見つめてくるアイザックは、名前を与えられた彼女の反応に何かを期待しているようだった。

自分がつけた名前を気に入ってくれるのかという期待なのか、それとも――。

わからないが、ステラはぎこちなく微笑んだ。

「ありがとう……ございます。ステラ……と、名乗らせていただきます」

ようやく人らしく言葉を発した彼女に、アイザックは思いのほか優しい笑みを浮かべた。

「ではステラ。先ほど頭が痛そうなそぶりを見せたが、他に体で思わしくないところは？　君の記憶がないのはわかっている。それ以外の君の情報を、すべて教えてくれ」

アイザックの質問に、ステラは頭が痛く全身もあちこち怠くて痛いことを述べた。体調に関すること以外は、本当に何も情報を持っていないので話しようもない。

それほど時間をかけずにステラがすべてを話し終えたあと、アイザックは「わかった」と頷く。

「今度は私の側の説明をしよう。私は先ほどの裏オークションに参加していた」

ステラはビクッとし、まん丸に見開いた目でアイザックを見上げる。

「……確かに君を落札したのは私だ。だが君をどうしても他の者に渡さないための手段でもあった。それにあの裏オークションを取り仕切っていた者たちや、参加していた客たちは私の部下が捕縛し、残りも追跡しているから安心してほしい」

そう言ったところから考えると、本当にアイザックは軍部の人間らしい。

「……これから、……私をどうしますか？　……奴隷に、しますか？」

彼が元帥という立場であっても、ステラにとっては今後の自分の命運を握る人なのは変わりない。彼が悪い〝主人〟ならば、痛いことや恥ずかしいことをさせられ、死ぬかもしれない運命に晒（さら）されることになる。

それを思うと、アイザックがどれだけ立派な人でも特に関係なかった。

「奴隷!? ……私が君を？」

だがアイザックは左目を見開いて、まじまじとステラを見つめてくる。

彼の反応を見てステラは自分が〝間違えた〟ことを言ったのだと察し、とっさに謝罪した。

「す、すみません。……すみません。……そんなつもりはなかったのです」

両手を胸の前でギュッと組み、ステラは怯えきってアイザックを上目遣いに見る。

ともすれば卑屈とも取られかねない態度を取るステラを見て、アイザックはハッと彼女の境遇に思い至ったようだ。

「……私が悪かった。そうだな、君は自分の名前すら覚えておらず、何もわからない。気がつけば裏オークションで売られようとしていた。自分の運命が私の気分一つだとなれば、怯えてしまうのも仕方がないな」

彼はステラを落ち着かせるように抱いていた手に力を込める。

だがステラとしては、ずっと買われた相手の膝の上にいて居心地が悪いことこの上ない。

けれど「離してください」と言えるはずもない。

結果的に黙っていると、アイザックが言葉を続けた。

「現在地はエインズワース王国の南部だ。君は港街カリガの外れにある屋敷にいた。王都エイシャルは中部近くにある。これから王都にある私のタウンハウスまで向かうが、数日の移動となる予定だ。カリガでひとまず君が着られそうな服を買ったから、次に着いた宿場町で着替えるといい」

どうやら王都まで移動するらしいが、それまでずっと移動中はこうしてアイザックの膝の上にいなければいけないのだろうか。

アイザックが友好的な人物だとわかっても、いつ気が変わるかわからない。ステラは何があっても彼に口答えせず、逆らわないでおこうと思っていた。

＊＊

移動中、馬車のカーテンから外をチラッと見て、夜なのはわかった。

だが何時ぐらいなのかはわからず、ステラはずっとアイザックの膝の上でウトウトしていた。

やがてアイザックが「ステラ、起きなさい」と声をかけ、彼女は目を覚ます。

「遅くなったが今日の宿に着いた。馬車から降りるぞ」

そう言ってアイザックがステラをようやくシートの上に座らせたあと、馬車のドアが開いて御者がステップを下ろした。

彼は先に馬車から降りて、「おいで」とステラに両手を差し出す。

おずおずと片足をステップに乗せた時、アイザックがステラの腰を支え、そのままヒョイッと抱きかかえる。

「きゃ……っ」

か細い悲鳴を上げるステラに、アイザックは「夜だから静かに」と窘める。そのまま彼は片腕でステラを担いだまま、悠々と宿に入っていった。

馬車に乗っている間、馬の蹄の音で気づいていたが、思っていたより多くの護衛が馬車を守っていた。十数人はいる黒い軍人の姿を見て、ステラは微かに怯える。

一瞬見えた夜の街は、暗く静まり返っていて人の気配すらない。ただ精緻な装飾が施された建物の様子から、ここが一等地であることはわかった。

「いらっしゃいませ」

遅い時間にも拘わらず、宿の主がアイザックとステラ、そして軍人たちを迎える。

アイザックに抱えられているので主の顔は見えないが、大勢の軍人たちを前に気を遣っている声音だった。

「ご連絡をいただいておりましたので、お部屋の準備はできております」

ランプを手にした主は先に歩き、それにアイザックが続く。

「あの……、歩けます」

子供のように抱えられたままで恥ずかしく、ステラは小さな声で彼に告げる。

「君は靴を履いていないだろう。カリガで買った靴はあるが、まだ運ばせる前だ。部屋に着いてゆっくり眠り、明日になったら着替えを選ぶといい」

「……はい」

そうこうしている間にステラは部屋に運ばれ、上品なソファに座らされた。

「すぐに湯浴み(ゆあみ)ができるよう準備をする。まず足を洗えるようにするから、そこで待っていてくれ」

アイザックはフロックコートを脱ぐとシャツの袖を捲り(まくり)、宿の女性が持ってきたジョウロからお湯を出し、お湯と水を合わせて盥(たらい)にぬるま湯を作る。

(そんなこと、メイドがすることでは？　立派な男性が私みたいな素性の知れない女のために、お湯を作るだなんて……)

屋敷ならばアイザックにも使用人がいるのだろうが、軍人だらけのこの道のりではステラの身の回りを任せられる女性がいないのだろう。

続き部屋にあるらしい浴室には、宿の女性が何度も出入りし、湯浴みをするためのお湯を作ってくれているらしかった。

「ステラ、足を洗うぞ」

「え……っ」

アイザックが盥を持ってきたかと思うと、ステラの足元に置く。そしてステラの長靴下を脱がせてきた。

ビクッとして足を引いたステラに構わず、アイザックは丁度いい温度のお湯をかけ、足を洗ってくる。

目の前に元帥という役職を担っている男性が跪き、下着姿にマントを羽織っただけの女の足を洗っている。

価値観がグラグラと危うくなったステラは、自分が彼にとって〝何〟なのかわからなくなり、混乱した。

「や……、やめてください！　あ、あなたのような立派な方が、私のような女の足を洗うなどしてはなりません」

少し大きめの声を出すと、ようやくアイザックが顔を上げた。

「どうしてだ？」

左目だけでひたと見つめられ、ステラは言葉に詰まる。

「どうしてって……」

理由は今述べたはずなのに、アイザックはさらに納得できる言葉を望んでいるように思えた。けれどステラにもそれ以上の理由などない。

「私は君の世話を焼きたいし、大切にしたい。それ以上の理由はない。加えて君は自分を卑下しているようだが、その価値観を私は共有したくない」

一方的な気持ちを押しつけられ、ステラはぐっと押し黙った。

「……ずるい、……です」

ランプの火が揺れ、室内で二人と家具の影も揺れる。その中でパシャンと小さな水音が立ち、アイザックは淡々とステラの足を洗い続けた。

彼の手は無骨で大きく、貴族だというのに剣を持って戦う者の手だ。

それがステラの小さな足を両手で抱え、これ以上大切なものはないというように、気を遣って洗っている。

大切にされればされるほど、ステラの気持ちとアイザックの価値観はズレてゆく。

「ずるいとは？」

床に膝をついているアイザックは彼女にこうべを垂れていて、通った鼻筋や伏せられた睫毛の長さがよくわかる。

(とても顔立ちの整った方だから、隻眼になって惜しんだ方々がいらっしゃるのかしら)

そんなことを考え、胸の奥が複雑な感情に支配された。

自分などの世話を懸命に焼いているアイザックが、もっと多くの人——特に女性に求められている姿を想像し、なぜか胸が苦しくなったのだ。

言いようのない感情に駆られたのを誤魔化し、ステラは口を開く。

「私は……、自分のことを何も知りません。私はあなたのことを存じ上げないのに、あなたは私が納得する理由もおっしゃらず、私を大切にされます。……人は身の丈に合わない厚意を向けられると、戸惑うものです。少なくとも、私は自分にそれだけの価値を見いだせていないのです」

アイザックを見れば見るほど、このような場所ではなく、社交界で羨望の視線を浴びているに相応(ふさわ)しい人の気がする。

だが彼は「話すだけ無駄だな」と溜め息をつき、ステラの足の指の間まで丁寧に洗ってきた。

「んぁ……っ」

普段触れられない部分ほど、敏感にできていてくすぐったさを感じやすい。

足に触れられていただけでもムズムズしていたのに、足の指を擦(こす)られてステラは思わず声を上げた。

「変な声を出すんじゃない。他の男が聞けば、勘違いするぞ」

叱るでもない、抑揚のない声で言われ、ステラは赤面する。

「へ、……っ変な声なんて出していません」

「そうか」

ムキになって言い返してもアイザックはそれ以上言葉を返さないので、会話を続けるリズムが掴めない。

やがて彼は乾いた布でステラの足を拭いてくれた。

足を洗っている間に彼の部下らしき男性が部屋の中に荷物を運び込んでいた。アイザックはその中から室内履きを取り出すと、ステラに履かせる。

「立てるか？」

「え……ええ……」

手を差し出され、ステラはゆっくりと立ち上がる。

だが体全体の重苦しさと異様な疲労感は続いていて、立ち上がっても脚に力が入らず、またソファに座ってしまった。

「体に力が入らないか？」

「理由はわかりませんが、とても疲れているように思えます」

「それじゃあ、私が体を洗ってやろう」

アイザックはステラが体に巻きつけているマントを取ると、彼女の体を後ろ向きにさせ、コルセットの紐を手早く解いてきた。

「えっ⁉　こ、困ります！」

「……質問するが、体に力が入らない状態で、自分で身を清められるか？　君は髪が長いし、洗うのも一苦労するだろう。心身共に健康でない者は、自分一人で風呂に入るのが難しい。だから万全でない時は人に任せるといい」

言いつつもアイザックはすっかりステラのコルセットを脱がせてしまい、慣れているとしか言いようのない手つきで靴下留めや下衣も脱がせ、あっという間に彼女を全裸にしてしまった。

「は、離してください！」

一糸纏わぬ姿で抱き上げられ、ステラは羞恥に駆られて声を上げる。

「君は起きて声を出しているのもギリギリの状態だろう。くだらないことに体力を使うんじゃない」

「…………」

初対面のアイザックになぜか自分の体調をすべて把握され、ステラはとうとう黙り込んでしまった。

そのままバスタブに体を入れられ、海綿で優しく体を擦られる。

こちらも港街で買ったのか、可愛(かわい)らしいガラスの小瓶には粉石鹸(せっけん)が入っている。アイザックはそれを海綿に塗布し、お湯と一緒にステラの体を洗う。

長い髪の毛を体の前で押さえているステラは、何も言えずされるがままだ。

「……どうして、こんなによくしてくださるのですか」

「先ほども言ったはずだ。同じ問答になる」

アイザックの手が体の前面を洗おうとしたので、とっさにステラは彼の両手を押さえ、ひたと見つめる。小さく首を横に振ってから、彼の手から海綿を取り、自分で体を洗い始めた。

だがその手に力は入らず、肌を洗っているというよりも海綿を動かすだけで精一杯だ。

アイザックはすぐに溜め息をつき、「貸しなさい」と言って海綿を取り戻した。

「は、……恥ずかしいから、……やめていただきたいのです」

アイザックの手により胸元が洗われ、ステラの乳房がたぷたぷと揺れる。

自分に想い人がいたかわからないが、少なくとも今のステラは「見知らぬ男性に裸を見られ、体を洗われるのは恥」だと思っている。

彼は性的に見ていなくても、ステラの羞恥心にもう少し配慮してほしかった。

「私は君に今は性欲を抱いていない」

(今は……)

いつかは性欲を持って見るという言葉に、カァッと頬が熱を持つ。

「今は君を綺麗にして、たっぷり休ませることが必要だと言っている。君の恥じらいもわかるつもりだし、文句なら元気になったあと好きなだけ聞こう。だが今は夜も遅いし、私も正直早く休みたい。……協力してほしい」

まるで自分が駄々を捏ねているような言い方をされ、ステラは不満を抱えつつも大人しくすることにした。

言葉の通りアイザックはステラに性的に触れず、手早く体を洗ったあと、長い髪が絡まらないように丁寧に洗ってくれる。

男性なので髪の手入れに必要なことなど知らなさそうに思える。だが彼は粉石鹸で髪を洗ったあと、バラの香油を揉み込み、絹のキャップを被せてくれた。

「十分後、迎えに来る。しっかり温まりなさい」

新たなお湯をバスタブに足し、アイザックは一度バスルームから出ていった。

「……気持ちいい。この香油もとてもいい香り。……以前……」

一人になって人心地つき、ステラはバスタブに身を沈めて目を閉じる。

バラの香油で手入れをされるのが〝久しぶり〟だと感じ、——思考を止めた。

（私……、以前もこういうふうに誰かに手入れをしてもらっていた？）

だとすれば、誰かに身の回りのことをしてもらえるのは、身分の高い者——貴族である可能性が高い。

裏オークション会場の舞台裏で声をかけてきた男は、自分のことを「良家のお嬢様」と言っていた。

（それでも、どこの誰なのかわからないわ）

ステラは大きな溜め息をつく。バスタブの縁に両腕を置き、その間に顔を埋めるようにして目を閉じた。

時計でも見ていたのか、アイザックは十分後とおぼしき頃に姿を現した。ステラの体を布で拭き、ドロワーズとシュミーズ、上等なネグリジェを着せる。

それから丁寧に髪の毛を梳られ、ようやく寝かせてもらえることになった。

「あの……、ありがとうございました……。……え？」

寝室にあるベッドに潜り込もうとすると、ステラの目の前でアイザックが服を脱ぎ始めた。

「え……っ？　え？」

混乱しているステラをよそに、アイザックは鍛え抜かれた胸板や腹筋を曝け出す。

「寝るぞ」

そして彼女をベッドに連れ込み、毛布を体にかけた。

「……せ、性的に見ない、……のでは……？」

本当なら叫んでしまいたいのを、今は真夜中だからと必死に堪える。強張った顔と声で尋ねるステラに、アイザックは大した問題ではないというように返事をした。

「今は移動中だから性的には見ない。それは約束する。だが同衾するには理由がある。あの裏オークションに関わった者の残党は現在追跡中だが、この宿場町に至るまで不審な気配を感じたという報告があった。私は立場上多くの人間に恨まれる存在だが、それとは別に君を狙（ねら）っている者がいる可能性もある。万が一何かがあったとしても、一緒に行動していれば君を守りやすい」

裏オークションから逃れられ、一応安心できる状況にあると思ったものの、完全に安全とは言いきれないようだ。

「……わかり、ました」

渋々承諾し、ステラはつけ加えた。

「仕方がないのはわかりましたが、どうか変なふうに触れたりしませんようお願いします」

「約束する」

相変わらず感情の窺えない声で返事をしたあと、アイザックはステラに背中を向け、寝る態勢を取る。

（……約束、守ってくれそうな方ではあるけれど……。男性と同衾するだなんて……）

同じ布団にくるまっていると、嫌でも彼の体温を感じる。

モソリとアイザックに背中を向け、ステラはできるだけ余計なことを考えないようにして目を閉じた。

それでも目を閉じると、まな裏にアイザックの美貌が浮かび上がる。彫刻のように整った顔に、何があっても動じなさそうな青い瞳。隻眼だからこそ、彼の目は強く輝き思慮深さを感じさせる。

加えて薄暗い部屋の中だったものの、躊躇いもなく脱いだシャツの下から現れた見事な肉体を思い出した。ボッと顔が発火したかのように赤くなり、鼓動が速まる。

正面からしか見ていないが、彼の胸板がとても厚いのはわかった。見事に割れた腹筋はランプに照らされてくっきりと陰影がついていた。

公爵という地位にいるのに、彼の体にいくつもの傷跡があったのも、ステラは見てしまった。彼が剣を取り、部下たちと共に戦場に立つ姿を想像して――、胸の奥がキュッと切なくなる。

(……どうして……)

自分を買った、まだ名前と地位ぐらいしか知らない男性なのに、彼のことが気になって仕方がない。

裏オークションで買った女など、普通なら奴隷と同じように扱うのが当たり前だろう。

なのにアイザックはステラに対し、誠実に接してくれた。

ステラを物のように買ったのに、彼は大切な客人を扱うかのように、ステラの世話を焼いて上等な衣服や宿を用意してくれた。

(……わからないことばかり)

ふぅ……と溜め息をつき、ステラは何度か瞬きをする。

その時アイザックが身じろぎをして、溜め息をついた。

ようにできる

「！」

ビクッと過敏に反応したステラはシーツに手をついて、いつでも起き上がることができるよう、体を緊張させた。

それを察したのか、アイザックが向こうを向いたまま素っ気なく言う。

「……何もしない」

「…………っ」

自分が必要以上に彼を意識しているのだとわかり、ステラは羞恥で赤面する。

どうしてか、〝自分はこのように肌を晒し男性と近い距離にいたことがない〟という思いがあった。だからこそ、アイザックが「警戒する必要はない」と言うたびに思い上がっている感覚に陥り、恥ずかしくて消えてなくなりたくなる。

「……っ、――ふ、……ぅ」

精神も体力も限界で、とうとうステラはポロッと涙を零してしまった。

思えば裏オークションの舞台裏で目覚めて以降、あり得ない出来事に巻き込まれながらも現実に押し流され、ついていくのに精一杯だった。自分の不遇を嘆く余裕すらなく、気がつけばここにいる。

温かいベッドに入って人らしい環境を与えられた気の緩みからか、ステラは次から次に零れる涙を必死に拭う。

背後でモソリとアイザックが動く気配があり、しばらくの沈黙のあと「泣くな」と言う声がする。

だがこのような状況になり、泣くなというのは無理だ。

せめて泣き顔を見せまいと頑なに背中を向けていると、力強い腕にグイッと抱き寄せられた。

「っ……」

驚いて顔を上げると、アイザックと目が合った。

「君が泣いているのは――、……落ち着かない」

他にも言葉があるだろうに、彼はそれだけ言ってステラの顔を自身の厚い胸板に押しつける。

とっさに押し返して抵抗しようとしたが、男性の力に敵わず抱き込まれてしまう。

「何もしない。……好きなだけ泣くといい」

耳の近くでアイザックの声が聞こえ、赤面を通り越して体が熱を持った。

だがそれよりも泣くことへの許しを得て、ステラの緊張の糸がプツンと切れた。

「う……っ、ぅ、……うーっ、……う……っ」

体を震わせ、ステラは小さく嗚咽する。

アイザックは約束通り抱き締める以外のことをしなかったが、やがてトン、トン、とゆったりとしたリズムでステラの背中を叩き、あやしてきた。

洟を啜ると、アイザックの匂いが鼻腔を満たす。彼の温もりを感じ、体をすっぽり包むように抱かれ、初対面の人なのに安堵が胸に広がってゆく。

しばらく泣き続けていると、アイザックが小さく歌を歌い始めた。

低く掠れた声は甘く、どこかもの悲しいメロディーを紡いでゆく。旋律から子守歌であろうことは察したが、なぜ子守歌なのだろう……という疑問が浮かび上がる。

それでもなぜかこの子守歌に既知の感覚があり、現在の感情に加え新たに切なさも混じって、また新しく涙が零れる。

――懐かしい。

知らないのにそう感じ、気がつけばステラはアイザックに抱き締められたまま、深い眠りの淵に落ちていた。

＊＊

それから一週間ほどの道程を経て、馬車は王都エイシャルに至る。

何もない丘陵ばかりが続く道のりだったが、次第に農地が見え、ポツポツと家屋が見えてきたかと思うと、王都を囲む城壁がそびえ立つ。城門をくぐったあと、ステラの目に映ったのは活気のある王都の姿だった。

中央に王城のある王都の作りは、外側は庶民の住まいになり、徐々に景観のいい高級地になってゆく。紳士が貴婦人と連れだって入る服飾店、宝飾店などがあるメインストリートを通ったあと、馬車は王城をすぐ近くに望める屋敷前に着いた。

貴族のタウンハウスがある中心部は、屋敷と屋敷の間にかなりの距離があり、その間に立派な庭なども造られてある。都市の中とはいえ、この屋敷ならば近隣を気にせずゆったりと過ごすことができるだろう環境だ。

「どうぞ、ステラ」

その時にはカリガで購入したドレスを纏っていたステラは、アイザックの手を借りて自身の足で馬車を降りた。

色白の肌に映えるドレスは、ふんわりとしたクリーム色だ。白いレースやフリルの装飾がつき、小花柄が可愛らしい。髪の毛こそ纏めてくれる侍女がいないので下ろしっぱなしだったが、緩やかにウェーブした美しい白金色の髪は、何をせずとも彼女の美を引き立てている。

「お邪魔……いたします」

三階建ての瀟洒（しょうしゃ）な屋敷は、横幅が広く日当たりもいい。屋敷の前に広がっている庭には、色とりどりの花が咲き乱れている。庭はきちんと庭師により整えられていて、アイザックが花を愛（め）でている姿はあまり想像できないが、彼が自らの住まいに気を遣っていることがわかる。

レンガを敷き詰めたアプローチを歩き、白い階段を上がると、ズラリと並んだ使用人たちが「お帰りなさいませ」と頭を下げた。

その光景に圧倒されて立ち止まるステラの背中を、アイザックがそっと押して進むよううながす。

白黒タイルの床が美しい玄関ホールは、吹き抜けの上に大きなシャンデリアが下がっていた。二階、三階に通じる階段は大きくカーブを描いている。それぞれの階に手すりつきのバルコニーがあり、そこから使用人が来客を確認するのだろう。

玄関ホールの左右には奥に続く廊下があり、恐らくボールルームや遊戯室、ギャラリーなどもあるに違いない。

（……どうして初めて来たお屋敷なのに、作りがわかるの？）

貴族の屋敷など来たことがないはずなのに、ステラは屋敷全体の作りや、何階にはどのような部屋がある……ということを、なんとなく理解していた。

「君の部屋に案内しよう」

軽く混乱したステラを、アイザックは階上にいざなった。

そのまま、三階にある一室に案内され、ステラは自分に似つかわしくない豪奢な部屋に戸惑う。

ゴブラン織りの優美なソファや艶(つや)やかなマホガニーのテーブル、そしてタイルに精緻な絵つけがされた暖炉に、アラベスク模様の壁、細やかな技術が窺える花柄のカーテンに至るまで、すべて一級品だ。

続き部屋には磨き上げられた大きな鏡が見え、衣装部屋と思われる。さらに奥には寝室らしき部屋があり、その奥はバスルームだろう。

いくつもの部屋を繋(つな)げたそこは、どう考えてもこの屋敷の女主人となる人が住まう場所だ。

「わ……私、このようなお部屋をいただくいわれはありません。どうぞメイドとして働かせてください」

アイザックに訴えると、彼は珍しくポカン……とした顔になり、しばし固まった。

その後、「いや……」と小さく首を横に振り、一つ息をつく。

「君は私の客人だ。本来もてなされるべき人物だと自覚したほうがいい」

「ですが私は記憶のない、出自すらわからない人間です」

なおも訴えるステラに、アイザックはまた息をつき、ソファに座るよう勧めた。

「私は軍部を司(つかさど)っている。軍の仕事内容は大きく二つに分けられる。一つは海を挟んだ大陸の国の動きに合わせ、警戒をする仕事。もう一つは国内での仕事だ。後者は貴人の護衛をする他、犯罪を取り締まる仕事もある。国内の犯罪の一つとして、最近南部で裏オークションが開催されていて、どうやらその中に行方(ゆくえ)不明になった貴族の子女がいるらしい……という情報があり、私たちはその事件をずっと追っていた」

あの裏オークションで売られたあと馬車で気づいた時、確かにアイザックは部下と共に主催者たちを捕縛したということを言っていた。ということは、アイザックは捜査のために裏オークションに潜入し、売買の証拠を摑むために大枚をはたいてステラを競り落としたことになる。

「君は記憶こそないものの、その立ち振る舞いから貴族の女性だと確信を持って言える。だから、私は君の記憶が戻るまで保護する役目がある」

「私が……貴族……」

言われた言葉はあまりに突然で、とってつけた設定のようにも思える。

それでも今までの「大切にしたいからそうする」という言葉より、明確な理由だと感じられた。

「だから自分の身の丈に合わないなどと考えず、どうか賓客として屋敷で過ごしてほしい」

「……わかり……ました。ですが記憶が戻らなかったら？」

それは一番憂慮すべきことである。たとえステラが本当に貴族の女性で、果てはお姫様だったとしても、本人の自覚がなければ何者でもないままだ。

「その時は、私がもらい受けるさ」

冗談ともつかないことを言ってアイザックはうっすら笑い、ポンとステラの頭を撫でてから「ルビー」と声を上げた。

「はい！　旦那様！」

呼ばれてドアをノックし、顔を出したのは十代後半とおぼしきの若いメイドだ。

見事な赤毛を持っており、その髪からルビーという名前がつけられたのだろうか。

「もらい受ける」という言葉の真意を測って赤面しているステラを、アイザックはルビーに紹介する。

「ルビー、こちらはステラ。今日からお前のご主人様になる女性だ。私よりもまずステラのことを一番に考え、動きなさい」

「かしこまりました、旦那様。ステラ様、私はルビーと申します。どうぞよろしくお願いいたします」

エプロンドレスを摘まんでお辞儀をしたルビーは、そばかすの浮いた顔でクシャッと笑ってみせた。

朴念仁とも言えるアイザックとずっと一緒にいたステラは、ルビーの人懐っこさに思わず微笑む。

「よろしくね、ルビー」

それからルビーがお茶の準備をし、この屋敷のことを色々教えてくれた。

アイザックは仕事があるらしく、お茶を飲み終わったあと退室していったが、ステラはルビーと一緒にたわいのない話をし、随分打ち解けることができた。

その日以降はもう移動することもないので、ステラは幾分落ち着いて眠りにつけた。

屋敷での生活が始まり、移動していた時のように四六時中アイザックと一緒にいることはなくなる。

食事では必ず顔を合わせるものの、彼は登城して国王に仕事の報告をしたり、軍の執行部官と会議をしたり、屋敷にいても書斎に籠もって忙しくしている。

一方でステラは、アイザックの命令を受けた針子たちに採寸をされてからというもの、日に日に衣装部屋にドレスが溜まってゆくのを眺めるばかりだ。

一時的な客だというのにこんなにもらっていいのだろうかと思うほど、アイザックはステラにかける金を惜しまない。

加えて屋敷を宝石商が訪れては、ステラに宝石を勧めてくる。

一回目に驚いて、「客の範疇を超えています」とアイザックに抗議すると、次から宝石商が宝石を見せに来る時は、必ずアイザックが同席し、ステラに似合いそうなジュエリーを選んで買っていた。

お陰で衣装部屋はどんどん充実していくが、ステラは気が気でない。

「私、アイザック様にこのようにしていただくいわれはないのだけれど……」

すっかり困りきってルビーに相談しても、彼女はコロコロと笑うだけだ。

「旦那様は今までどなたにもお金をかけることはありませんでした。初孫を喜ぶお爺さんのようなものだと思って、受け取っておいてはいかがですか?」

ルビーのあまりの物言いに、ステラは困っていたのも忘れて思わず笑ってしまう。

このルビーというメイドは天真爛漫な性格をしていて、周囲を明るくさせる才能がある。加えてこの屋敷の環境もそれを許している。

さらに驚くべきことに、アイザックは使用人たちから恐れられているのかと思いきや、かなり好かれているようだ。彼自身口数が多いほうではなく、どちらかと言うと怖い印象がある。

だが使用人たちの給金は基本的に多めに出し、仕事さえしっかりやれば無駄に叱ることもないのだという。それゆえ彼はとても慕われていて、使用人たちも主のためにしっかり働く……という図式が成り立っている。

ルビーのように主のことを冗談交じりに言う者がいても、アイザックは何も言わないし、周囲も笑っているのみだ。

次第にステラもそんな環境に慣れ、この屋敷で笑顔を見せることが多くなっていた。

その晩は、屋敷に来てから二週間ほど経った夜だった。

アイザックから聞いた知識で、エインズワースはシトシトという程度の雨はよく降るのだが、「天気が荒れる」と形容するほどの雨は割と珍しいようだ。

眠りにつこうとしていたステラは、雨戸を鳴らす強風と叩きつける雨の音に落ち着かず、何度も寝返りを打っていた。

単に天気が荒れて怖いという以上に、心の深部にある〝何か〟が刺激され、こみ上げそうになる。声を上げて「怖い」と叫んでしまいたくなる衝動を必死に抑えていたが、ついに耐えきれず、ステラは履き物を足に突っかけるとそっと部屋を出た。

目指す先は、アイザックの書斎だ。

同じ三階の西側にある部屋へ向かうと、廊下にドアの下部から明かりが漏れ、彼がまだ起きていることを知らせる。

(……こんなことで煩わせてしまうのは、申し訳ないけれど……)

手に燭台(しょくだい)を持ったステラは、少し迷ってからノックをした。

「──どうぞ」

アイザックの返事があり、ステラはドアを開け、体を滑り込ませるように室内に入った。

「どうした？」

アイザックはシャツにベストという姿のまま、ランプの明かりを頼りにまだ書類に向かっているようだった。

「……その、眠れなくて。まだ起きていらっしゃるか、見に来てしまいました」

屋敷に来るまでの間、アイザックは男としてステラに触れることはなかった。屋敷に留まるようになってからも、彼は保護者的な立場を貫いている。そういう面で、ステラはアイザックのことをきちんとした紳士だと認識していた。

だからこうして夜中に彼を訪れても、勘違いを起こして襲われる心配はないと安心している。

「……怖いものを思い出すか？」

こちらに向き直ったアイザックは、ソファを手で示しステラに座るよううながす。

「……怖い……のはそうなのですが、何が怖いのかわからないのです」

「思い出せないから……か？」

「はい」

ランプの明かりで室内の影がチラチラと動き、不安になっている今、その影すら少し怖い。アイザックの部屋に来ても外が嵐なのは変わらず、書斎の雨戸もまたガタガタと鳴っていた。

「……私に何を求めている？」

不意に静かに尋ねられ、胸がドキンッと高鳴った。

「何……を……、と言いましても……」

不安になったままアイザックを訪ってしまったが、その心理の奥深くにあるものを見抜かれそうで、ステラは急に落ち着かなくなった。本当ならルビーを起こして、彼女に一緒にいてもらうという手段もあり得たはずだ。

それなのにルビーのことを考えず、まっすぐアイザックを求めてしまった理由は――。

「…………っ」

不意に王都に着くまでアイザックと同衾した日々を思い出し、カァッと顔も体も熱くなる。裏オークションがあったカリガからずっと、不安な夜をステラはアイザックと過ごしていた。彼に抱き締められ、温もりを感じながら背中を叩いてあやされると、自然とすんなり寝入ることができたのだ。

今まさに自分がそれを求めているのだと理解し、ステラはアイザックの顔を見ていられなくなった。

「……っ、も、戻ります」

「……待て」

立ち上がったステラに声をかけ、アイザックは彼女の肩に手をやり、優しく抱き留める。

「……意地悪を言ってすまない。不安な君に頼りにされるのが嬉(うれ)しくて、ついそれ以上の言葉を求めようとしてしまった」

アイザックの言葉の意味がわからず、ステラは赤面し、混乱したまま彼を見つめた。

そんな彼女の顔を見て、アイザックは微かに笑う。

「最近の君は元気になってきてよかったと思っていたが、ルビーとばかり話していて、少しつまらなかった。私も、もっと君と話がしたい。君のことを知りたい」

アイザックに肩を押され、ステラは彼ともどもまたソファに腰掛けた。すぐ近くに彼がいて、身に纏っている香水のラストノートなのか、バニラに似た甘い香りがして頭がクラクラする。

「知りたい……って……」

不意に、彼が移動中に「王都に着くまでは性的に触れない」と言っていたのを思い出した。

(では、今なら性的に私を見ている……と?)

自覚した途端、ステラは彼から目を逸らし、また立ち上がろうとした。

「ステラ」

だがアイザックに抱きすくめられ、彼の腕の中から抜け出せない。嫌でも彼のがっしりとした肉体と温もりを感じ、甘い香りに酩酊する。

吐息を震わせ、ステラは彼に気づかれないように、小さく唾を飲んだ。

この震えも、鼓動の速さも、呼吸も、瞬きも、何もかも彼に知られるのが恥ずかしい。

どういう意図か、アイザックは少し体を離し、手でステラの髪をかき上げると額に口づけてきた。

「つ……」

柔らかな唇を額に感じ、ステラは真っ赤になって固まる。

「おいで。私の部屋で一緒に寝よう。今夜はこれ以上のことは決してしない。君が安心して眠れるまで、側で見守っていてあげよう」

呆然としたステラをいざない、アイザックはデスクの上の書類を簡単に片づけると、ランプを片手に彼の寝室に向かった。

初めて入るアイザックの寝室は、濃紺で統一されている。彼はランプをベッドサイドに置くと、ステラをベッドに座らせ、自分は例によって服を脱ぎ始めた。

「……っあ！　あの……っ！」

焦ってステラは横を向き、同衾するつもりではなかったと言い訳をしようとする。

だが彼女が言おうとしたことを察したのか、アイザックが言葉で先回りをした。

「こんな雨の日は、私の右目の傷が少し疼く。私を癒やすために、一緒に寝てくれないか？君を抱き締めて寝たら、いい夢を見られる気がする」

ステラが断れないような言い方をする彼を、彼女はまた「ずるい」と思う。

アイザックは自分の好意を押しつけ、ステラに逃げ場を与えてくれない。彼の好意の理由がわからないのも、困ったところの一つだ。

もっと困るのは、彼に求められて嫌な気持ちにまったくならないことだ。

だからステラは、渋々……という体で頷いてしまう。

「……あなたが、どうしてもとおっしゃるのなら……」

逞しい上半身を晒し、下半身はトラウザーズのみとなったアイザックは、毛布を捲り上げ魅惑的に笑う。

「どうしても、ステラを抱き締めて寝たい」

その笑みは、確信犯のようにも思える。

「……それじゃあ、……仕方、ありませんね……」

パサリと小さな音がして、二人の体は柔らかな毛布に包まれる。

窓の外では相変わらず強い雨風が吹きつけているのに、不思議と今は気にならなくなっていた。

アイザックの手がステラの背中に回り、顔が彼の胸板に押しつけられる。温かい胸板に額をつけ、ステラはこっそり彼の匂いを吸い込み、――堪能して、そっと吐いた。

約束通り、彼はそれ以上ステラに手出しをしない。移動中の同衾のように、ただ同じベッドに入り、温もりを分け合うのみだ。

(私は、女として魅力がないのかしら?)

彼の腹部には、ステラの乳房が押しつけられている。決して小さくはない、むしろ大きいほう……と思うそれを感じているはずなのに、アイザックは目を閉じたまま穏やかな呼吸を繰り返しているのみだ。

（……はしたない。アイザック様に手を出してほしいと思うだなんて……）

自分のあさましい願望に気づいてしまい、ステラは赤面した。高くなる体温を誤魔化すために静かに深呼吸を繰り返し、一生懸命眠ろうとする。

けれど結果的にアイザックの香りを吸い込み、もっと胸を高鳴らせることになるのだった。

第三章　葛藤～バラの誘惑

それからあとも、リーガン邸での生活は穏やかなものだった。

使用人たちは急に現れたステラを、不思議なぐらい自然に受け入れてくれている。

ルビーをはじめ、この屋敷の使用人たちは全員気がよく親切だ。

ステラの悪口を言う者などいないし、困ったことがあればすぐに教えてくれる。

優しい環境に、ステラは心から感謝していた。

――だが、真綿で包み込むようなその環境が、逆にどこか辛くもあった。

彼らが心底アイザックを慕っているのはとてもわかる。

だからこそ、突然アイザックの側に女が現れ、彼がドレスや宝石を与えている姿を見て、使用人たちはなんとも思わないのだろうか？　と心配になるのだ。

――絶対に裏では私を悪く言っているに違いない。

そんな気持ちを抱いてしまうこともあり、自分が情けなくなって泣けてしまう。

客観的に見れば絶対におかしいのに、誰もステラに不信感を抱かない。

周りは誰一人としてステラに苦言を呈さないのに、彼女が自分を不審者扱いし、その通りに反応しない周囲を「おかしい」と疑っていた。

思考回路は堂々巡りになる。毎日アイザックやルビー、使用人たちに囲まれて贅沢で幸せな暮らしをしているのに、ステラは自分で自分を苦しめていた。

「エイシャルに入って、我々をつけていた怪しい人影もなりを潜めたようだ。部下に屋敷の近くを巡回させ王都全体でも聞き込みをさせていた。だがもう安全らしいとわかったから、息抜きに少し外出をしないか？」

朝食を取ったあと、紅茶を飲みながらアイザックがそう申し出てきた。

「君を屋敷に閉じ込めていてすまない。庭程度の外出ならルビーを伴わせて許していたが、王都での買い物や下町がどうなっているかなども、本当は興味があったのだろう？　君は我慢強いから、望みを言いたくても口に出せずにいたのだと思っている」

確かにずっと屋敷にいたが、ステラは特に不満を感じてはいなかった。自分はアイザックのものだし、彼の言うことを聞くのは当たり前だ。

彼の許しなく外に出るつもりはなかったし、記憶も何もないのに自分一人で外出しても困ったことになるだけだとわかっていた。

「興味は確かにありましたが、アイザック様が思われているほど、私は不自由を感じていませんでした」

「そうか？」

「私はアイザック様の所有物です。勝手に出歩こうなどとは思いません」

ステラは身の程をわきまえていると言ったつもりだった。だがその言葉を聞いて、アイザックの目に落胆の色が宿る。

（あ……）

――間違えた、とステラは瞬時に悟った。

けれどそれ以外になんと言えばいいのかわからない。

アイザックは表情の変化が少ない人だが、一緒に過ごしているうちに、ステラは彼の感情がわかるようになっていた。

傷ついたような目をしたあと、アイザックはすぐに気を取り直し、紅茶を一口飲んで言う。

「それなら、なおさら私が君を外に連れていかなくてはな。紅茶を飲み終わったら、外出する準備をしよう」

言葉の通り、その日はよそ行きのドレスを身に纏い、アイザックと共に王都の一等地で買い物をした。

外出用の少し丈の短いドレスは、ヒールが見える程度の裾だ。ラピスラズリをまろやかにしたような色で、ステラの色白の肌を引き立たせる。共布でできた帽子にはヒラリと白いレースのリボンが巻かれ、道行く人がステラを振り返る。

「アイザック様はいつもいい香りがしますね」

道行く男性がステラを憧れの目で見ていることにも気づかず、彼女はアイザックに話しかける。そうすると、彼の香りを褒めて羨ましがっていると思われたのか、彼は贔屓にしている香水店ミラー・ハリンに連れていってくれた。何種類もある香水を試したあと、気に入った香りを見つけ、アイザックが買ってくれる。

トップノートにベルガモットやレモンの爽やかな甘さがあり、次第にローズやジャスミン、チュベローズ、バニラの落ち着いた甘さへ変化してゆく。

彼と同じ香水店の香りを身につけられると思うと、胸が高鳴り、自分の香りなのにときめいてしまう。

知らずと笑っていたステラの顔を、アイザックが微笑して見ていたのを彼女は知らない。

その後、貴族が集まるサロンに行ったが、アイザックは知り合いと鉢合わせるのを嫌ってか、個室に入った。窓からメインストリートを眺め、アフターヌーンティーを楽しむのは二人きりだが、ステラはそのほうがいい。

「すまないな。君はもしかしたら、友人を作りたいと思っていただろうか？　広間に行けばご婦人方がいるから、君の友人になってくれる人もできるかもしれない。……だが私はあまり、お喋りをする人の間にいるのを好まない。だからこの店の紅茶を楽しみたい時は、いつも個室を用意させている」

「いいえ、私はアイザック様と落ち着いてお話できて楽しいです。同性の友人が要(い)らないとは言いません。ルビーと話していると、とても楽しいです。……ですが、私のような者がアイザック様と一緒にいるなど、社交界の噂になってはいけません」

彼を困らせてはいけないと思い、ステラは微笑んでみせる。

「……君は貴族の女性で間違いないと言っただろう。それにもし君が私に〝買われた〟と思って引け目を感じているなら、少し勘違いをしていると思う」

「勘違い？」

瞬きをしたステラに向かって、アイザックはいつもと変わらない表情で語る。

「私は人身売買をする一味を追っていた。そして君はあの裏オークションで、最後の目玉商品だった。他は美術品や骨董品(こっとうひん)などが多く、後半になって美しい少女や少年が出てきた。君の場合、何を身に纏っていたとしても、佇(たたず)まいからして高貴さが滲(にじ)み出ている。他のただ美しいだけの少年少女とは違うと、裏オークションの主催者も思ったのだろう」

言われてステラは、裏オークション会場での舞台裏を思い出す。

確かに荷物を運搬する人の気配はあったが、自分以外の売られる人は見なかった。恐らく舞台の上座と下座で、売られる前と後という場所の違いがあったのだろうか。

「そしてカリガに赴いた時、私は部下を率いていた。裏オークションの最後の商品が出されるまで見守り、君だけは誰の手に渡してもならないと思い、ひとまず参加した。落札後、私が君を引き取ったあと、合図をすると部下が会場に突入する手はずになっていた。実際のところ、一度金を払ったものの、すぐに取り戻したので実質的に私は金を払っていない」

「……私は、正確には、あなたに買われていない……と？」

「そうだ。目的は君を買うことではなかった。〝商品〟をすべて確かめたあと、美術品も売りに出された者もすべて保護し、主催者、参加者ともに捕縛するのが目的だ」

ふ……と肩の力が少し抜けた気がする。

裏オークション会場のステージにいた時、混乱して状況を把握できていなかった。だが自分にとんでもない高値がつけられていて、それに驚いてしまったのは覚えている。

「よかった……。あんなお金、一生かかってもあなたにお返しできないと思っていました」

安心して少し笑ったステラを、アイザックはまじまじと見てきた。

「……もし私に買われたとして、あの金額を返せたとしたら、君はどうしたい？」

途方もない「もしも」の話をされ、ステラは苦笑して首を横に振った。

「記憶がありませんもの。考えられません。私のように何もできない者を親切に保護してくださるのは、アイザック様だけです。自由の身になったとしても、アイザック様さえご迷惑でないのなら、あのお屋敷に住まわせていただきたいです」

背筋を伸ばして紅茶を飲むステラは、自分に作法が備わっているのにすら気づいていない。ミルクやシュガーをかき混ぜるティースプーンはカップの中で縦に動かし、決して音を立てない。ティーハンドルを持つ指も形が決まっていて、飲む時はソーサーに左手を添え、音を立てず上品に飲む。

それだけで彼女がとても洗練された女性であると判断できるのだが、自然に出る動作のため、ステラは気づけていない。

「……そうか。なら、いい。私も君がきちんと記憶を取り戻すまで、責任を持って保護したいと思っている。一方的に世話を焼かれて戸惑う気持ちも理解するが、慣れてほしい」

アイザックと一緒に過ごすようになって、彼が婉曲(えんきょく)な物言いをしない人だともう理解している。あまりにストレートにものを言ったり、ぶっきらぼうに思えたりしても、そこには彼なりの深い思惑がある。

(人づき合いが苦手のように感じられるのは、あまりお話するのが得意ではないからかしら?)

そう思うと、彼が可愛く思える。

そして、きっと美しい人が大勢いるだろう貴族の女性たちと馴(な)れ合わず、このままでいてほしいと独りよがりな思いを抱いてしまった。

金銭的な意味でアイザックに恩を感じなくて済むと思うと、不安要素が一つ減った。

けれどいまだ記憶の戻らないステラは、いつまでアイザックの好意に甘えていいのか、改めて不安を抱いてしまう。

彼は公爵という地位を持ち、軍部を預かる元帥でもある。

昼間は外出していて多忙なのはわかっているし、屋敷にいても彼の部下だという人が頻繁に姿を見せては、書斎にいるアイザックと何やら話をしている。顔を合わせていないが、軍人以外に貴族の客も来ているようで、彼の多忙さは嫌というほどわかっている。

(アイザック様は三十歳とおっしゃっていたけれど、お相手の女性がいてもおかしくない。軍人として私を保護してくださっているのはわかる。けれど私が不安になっているからといって、同衾して彼の優しさに甘えているのはよくないわ)

思い詰めていたからか、表情が固くなっていたのだろうか。

「どうした?」

アイザックが気づき、ジッと見つめてくる。

「……いいえ」

静かに微笑んで首を横に振りながら、ステラはいつか記憶を取り戻すまでとはいえ、アイザックの重荷にならないようにしなければ、と決意していた。

買い物を経て、二人の心の距離は随分縮まった気がする。

アイザックが隻眼で感情をあまり窺わせず、少し怖い雰囲気なのは変わらない。だがステラは彼に恐れを感じなくなったし、話せば話すほど聡明で理知的な人だと理解し、惹かれていた。

同時に彼もふとした時にステラと距離を縮めることがある。スキンシップの多い人に見えないのに、アイザックはステラの髪を触ったり、頭を撫でたり、抱き締めたりしてくる。

その日、メイドが夕食の用意ができたと彼を呼びに行くところに居合わせたステラは「私が呼んできます」と言ってアイザックの書斎に向かった。

「アイザック様、夕食の用意ができたとメイドが言っていました」

「わかった」

ペンを置いたアイザックは両手を組んでひっくり返し、グッ……と伸びをする。

「お疲れですか」

「ああ、少し」

そう言ってアイザックが眉間を指で揉むので、ステラは彼の後ろに回り、両手で肩を揉み始めた。

「ああ、すまない。……ん、気持ちいいな……」

アイザックが「気持ちいい」と言ってくれたのが嬉しく、ステラは自然と微笑んで彼の肩を揉み続けた。

「……いや、もういい。君の手は労働を知らなくていい手だ」

けれどアイザックは両手でステラの手を摑み、そのまま自分の胸の前でギュッと握り締めた。

「え……っ」

自然と後ろからアイザックに抱きつく格好になり、彼の頭にステラの胸が押しつけられる。

慌てて身を引こうとするが、彼はますますステラの手を引っ張り、自分に抱きつかせる。

「ア、アイザック様……」

「少しぐらい、いいだろう？　癒やしてくれ」

そう言ってアイザックはステラのむっちりと実った胸に頭を預け、吐息をつく。

(恥ずかしい……)

けれど、決して嫌ではない。

しばらくそのままの体勢が続いたが、不意にアイザックが口を開いた。

「……もし嫌なら、拒絶していい。私は君ともっと触れ合いたいと思っている。けれど君が私を好んでいない場合も考えなければいけない。男の欲を女性に無理強いするのは、よくない……な」

アイザックは両手を離し、ステラを解放する。

そして後ろに立っているステラを振り仰ぎ、どこか切なそうに笑ってみせた。

「君は私をどう思っている？」

「え？」

アイザックの問いにトクン……と鼓動が一つ高鳴り、気持ちが落ち着かなくなる。

「どう……とは」

「男として魅力を感じているか？　それとも潰れた片目が恐ろしいか？」

座ったままアイザックはステラを見上げる。彼は背がとても高いので、こうして見下ろすのは新鮮な心地になる。

「きっとお仕事の中で片目を失われたのでしょう。以前、雨の日は疼くとおっしゃっていましたし、大変そうだな、とは思っても、恐ろしいとは思いません」

「そうか……。　私は――」

アイザックは手を伸ばし、ステラの頬を撫でる。

「君を愛らしいと思っている。毎日まだまだ不安だろうに、君は泣き暮らしたりしない。毎日の生活の中で少しでも楽しみを見いだそうとしている君を、とても強いと思う。……そのしなやかな強さに憧れ、……愛しいと思う」

「…………」

まさかアイザックから異性として好意を寄せられていると思わず、ステラは固まった。

そしてジワジワと顔に熱が集まり、赤面してゆく。

「……あ、……アイザック様には奥様や婚約者、恋人はいらっしゃらないのですか？」

ずっと胸にあった疑問を口にしたが、アイザックは珍しく目を見開き、キョトンとした顔になる。

「……いる、……わけがないだろう」

その「心底驚いた」という反応に、逆にステラのほうが戸惑う。

「で、ですが、アイザック様ってとても素敵ですし、貴族の女性があなたを想っていてもおかしくありません」

ステラの言葉を聞き、アイザックは視線を逸らすと溜め息をつき、何かを誤魔化すように頭を掻く。

「私にそのような存在はいない。現在近くに置いている女性は、君だけだ」

自分だけだと言われて胸の奥に歓喜が沸き起こった。だがステラは表情に出ないように俯き、唇を引き結ぶ。そうしなければ、顔がだらしなく緩んでしまいそうだからだ。

「……私の好意は迷惑だろうか？」

だが何も言わなかったため、ステラがアイザックの気持ちを「望んでいない」と取ったのか、彼はステラの手を引いて自分の前に立たせる。そして顔を覗き込み、ステラの気持ちを確認しようとしてきた。

「……い、いいえ。……嬉しい、……です」

「では、君に触れてもいいか？」

ス……と顔にかかる髪をかき分け、アイザックの手がステラの頬に添えられる。親指がステラの唇に触れ、輪郭を辿るように動いた。

「………っ」

明らかに唇――キスを意識している手つきに、ステラは赤面しながら震える。

これまで同衾しても決してアイザックは手を出さなかった。それゆえ、彼を信頼していたし、同時に物足りなくも思っていた。

その想いがいま解消されようとし、ステラの中で新たな感情が花のように咲き綻ぼうとしていた。

「……ど、どうぞ……」

蚊が鳴くような声で承諾したステラの唇を、アイザックの親指がもう一度なぞる。プルンと潤った果実のような唇の柔らかさを堪能し、彼はステラの頭を引き寄せた。

「！　……あ、――――ン」

バランスを崩して声を上げたかと思うと、アイザックの腕によりしっかりと支えられる。

そしてステラの唇は彼の唇によって、優しく塞がれていた。

「ん……」

はむ、と唇を啄まれ、鼻にかかった声が漏れる。

アイザックは唇を重ねたまま、ステラを自分の膝の上に乗せた。

(なに……？　キス……されてる？　アイザック様が……私に……？)

なかなか理解できていないステラの唇を、アイザックのそれが何度も食んでくる。顔の角度を変えて口づけては、唇を舐め、舌先でぷっくりとした下唇の輪郭をなぞる。

「はぁ……っ、……ぁ……」

息継ぎをするタイミングがわからず、ステラは懸命に唇を喘がせる。

だが呼吸をするのも許さないと言わんばかりに、アイザックは執拗にステラの唇を求めてきた。

同時に彼の大きな手がステラの胸を包み、ドレス越しにやんわりと揉んでくる。

「！」

まさか胸を触られると思っておらず、ステラは混乱したまま固まった。

けれど乳房の丸みに沿ってさすられ、優しく揉まれると、そのうち体の奥にジン……とした甘い疼きが宿ってくる。

(何……これ……)

男性に触れられたことなどないはずなのに、ステラは自分の奥底にある女の本能が、〝これ〟を知っていると直感した。

ゴクッと唾液を嚥下し、懸命に呼吸をすると、アイザックが纏う甘い香りを鼻腔一杯に吸い込んでしまう。

その香りに酩酊し、いつのまにかステラはトロンとした顔つきになり、彼に舌をきつく吸われていた。

「ん……っ、は……っ、……あ、ぁ……っ」

ようやく唇を解放されると、ステラは目を潤ませ、呆然とした顔でアイザックを見る。その濡れた唇の間からは、微かに赤い舌が見えていた。口端に溜まった唾液を指先で拭うステラを、アイザックは欲を孕んだ目で見つめている。

「これからも、こうやって触れてもいいだろうか？」

彼のほうは変わらず淡々としたままなので、ステラの胸の内に悔しいという気持ちが芽生えた。

——もっとこの方が感情を露わにしたお顔を見てみたい。

——私のことで一生懸命になったお姿が見たい。

——この方を、もっとほしい。

そんな願望が胸の奥底からとめどなく溢れ、ふつふつとした欲となってステラを満たす。

「……お願い、……します」

触れてもいいかという問いに対し、ステラは思わず「構いません」という許諾ではなく、

「お願いします」と自ら望む答えを口にしてしまった。

一瞬あとになってから気づき、ステラはバッと両手で口元を押さえると真っ赤になる。

「……ふ。……ふふ。……行こうか。メイドが待っている」

アイザックは珍しく相好を崩したかと思うと、ステラの頭をポンポンと撫で、彼女をエスコートした。

ステラはまだどこかぼんやりとしながら歩くが、まだ舌が熱く痺(しび)れている気がする上、胸にも彼の手の感触が残っている気がした。

**

「……ねぇ、ルビー。男性って『愛しい』って簡単に言うものかしら？」

その夜、ルビーに髪を梳(す)いてもらっている時にぼんやりと問うと、彼女の手が止まった。

それに気づかず、ステラは言葉を続ける。

「キス……や、体に触れるって、恋人とか決まった人以外にもするのかしら？」

「だっ……」

後ろから大きめの声が聞こえ、ステラはルビーを振り向いた。

「だ？」

「だっ、旦那様にそのようなことをされたのですか!?」

ルビーは目を大きく見開き、プルプルと震えている。どうやら彼女をいたずらに刺激したのだと察したステラは、とっさに誤魔化す。

「い、一般的な話よ。アイザック様のことではないわ」

ルビーはアイザックに気兼ねなく話しかけ、彼もルビーには心を開いているように見える。もしもルビーの想い人がアイザックならば、キスをされたなど知られてはいけない。

「はーん？　旦那様のことですね？」

だがルビーはニヤニヤと笑いながら、ステラの顔を覗き込んでくる。

「ち、違うってば」

「いやぁ、旦那様もずーっとムッツリしながら我慢していると思いましたが、とうとう手をお出しになりましたか。耐えたほうだと思いますね。ステラ様、旦那様を拒絶されないようお願いします」

けれどルビーの口から出るのは、アイザックとステラの仲を応援する言葉だ。

キョトンとしたステラは、目を丸くしたままルビーに問う。

「……あなた……、アイザック様が好きではないの？」

「え？　私が？　旦那様を？　も、もしかして男女としての恋愛感情があるとお疑いで？」

「え……ええ。とても仲がいいと思っていたし……」

心底驚いたという顔で尋ねられたので、ステラも思わずコクコクと頷く。

「ぶふっ……！　ぶふんっ……」

ルビーは横を向いて口元を腕で押さえ、笑いを堪えている。

「……あの……？」

「い、いやぁ……。ステラ様、知らない間にそんなたくましい妄想をされていたんですか？」

妄想力がたくましいと言われ、ステラは発火したように赤面した。

「私たち使用人の中に、旦那様を本気で男性として好き……という者はいないと思いますよ？　そりゃあ、旦那様は主として理想的な方ですから、全員あの方を慕っています。ですが全員旦那様のお気持ちを存じ上げているので、異性として見る……というのはありません」

きっぱりと否定され、ステラは安堵する。

だが別の不安が頭をもたげた。

「アイザック様のお気持ち……とは？」

心細そうな顔で尋ねたからか、ルビーは年下なのに姉のような表情で微笑み、「ほら、前を向いてください」とステラの体の向きを修正する。

「現在アイザック様がどなたのことを大切にしているかは、ステラ様が一番おわかりのはずですよ」

ドキッと胸が高鳴り、それはもしかして自分のことなのだろうかと期待が沸き起こる。

だがステラはアイザックのことをそれほど知らない。彼が自分に好意を寄せてくれているのはわかるが、もしかしたら知らない場所に彼の〝お相手〟がいるかもしれない。

「……どういうこと？」

懸命にルビーに〝答え〟を教えてくれるよう願ったが、彼女はクスクス笑うだけだ。

「駄目ですよ。時にはご自身でたくさん考えて、答えを見つけないといけないこともあります。特に人の心については、自分で努力をして、勇気を振り絞って、体当たりをして知らなければいけないこともあるんです」

経験豊富な姉のように言われ、ステラはシュンとする。

「……私、恋をしたことがない……と思うの」

「記憶がないのですから、前のこともわかりませんよね」

「アイザック様をとても魅力的に感じるわ。素敵だし優しいし、隻眼なんて欠点にならないぐらい、美しい人だと思うの」

「ええ、そうですね」

「でも……。あの方は口数があまり多くなくて、大切なこともどこか煙に巻いているような気がするの。私があの方のお気持ちを知りたいと思っても、肝心の言葉を言わずに誤魔化されてしまう感じがするわ」

「そうかもしれませんね。ですが、その〝見えない壁〟を取り払うのは、ステラ様の勇気だと思うのです」

髪に触れるルビーの手が優しい。目を閉じると、記憶にない〝いつか〟も自分は誰かにこうされていたような気がする。――思い違いかもしれないが。

「私は旦那様のお気持ちが、どなたに向けられているか知っています。ですが、答えを知ってしまうのは簡単なことです。答えだけわかっても理由がわからないことだってあります。今のステラ様に必要なのは、旦那様ともっとお話をして一緒に過ごす時間を作り、ご自身のお気持ちを理解していくことだと思います」

「……結論より、過程が大事？」

「はい。やはりステラ様は聡明なお方ですね」

丁寧に梳き終わった髪を最後にフワッとかき上げ、ルビーが「おしまいです」と告げる。

「私から一つ言えるのは、旦那様のお気持ちは決まっていますが、同時にあの方も現状に戸惑っておられるということです。誰かが行動を起こせば、きっとお二人ともよい方向に進めると私は思っています。ステラ様、頑張って」

「ありがとう。……でもお願い。何か、具体的なアドバイスをちょうだい？」

そう言うと、ルビーは「仕方がないですね」と笑い、ステラの髪を手持ち無沙汰に弄りながら「うーん」と考え込む。

「……そうだ。もしステラ様にうんと勇気がおありなら、大胆なランジェリーを身に纏って旦那様を誘惑してみるのはどうです？」

「えっ!?」

突然斜め上からの提案をされ、ステラは目を丸くしてルビーを振り向く。

彼女はしたり顔で笑い、両手で自身の乳房を下から掬い上げ、誇示してみせた。

「旦那様とて男です。ステラ様のその立派なお胸を武器にして迫れば、あの朴念仁もコロッといくに決まっています」

主をして「朴念仁」とは相変わらずルビーの口は冴え渡っている。

それは置いておいて、ステラは〝大胆なランジェリー〟とやらを想像してみた。

「ど……どんなランジェリー？　丈が短いのかしら？」

「んふふふふー」

突然ルビーは怪しい笑いをし、ステラはビクッとして彼女を見る。

「もしステラ様さえ『いい』と言ってくださるのなら、早速明日の朝にでも手配します」

「え？　で、でも……どういうものかわからなければ判断のしようがないわ」

「じゃあ、見てみてから判断すればいいじゃないですか。どうせ旦那様のお金で買うんですし、旦那様もステラ様のお召し物だと知れば『構わない。どんどん買うといい』とおっしゃるに決まっています」

ルビーはアイザックのセリフの部分だけ、彼の口真似をしてみせる。

それがおかしくて、ステラはつい頷いてしまった。

「わかったわ。よくわからないけれど、ルビーのお勧めを着てみるわ。アイザック様にはあとで私からお礼をしておくわ」

「んふふ……。ステラ様がそのお召し物を身に纏えば、これ以上ない〝お礼〟になると思いますよ」

「そう……かしら？」

よくわかっていないままステラは微笑み、そのあと寝ることにした。

(ルビーの言うことはよくわからなかったけれど、確かに行動しなければ何も変わらないわ。アイザック様にどうしていただきたいのか考えて、自分から求めてみないと)

そう思って気持ちを整理しようとし、不意に夕食前のキスを思い出してしまった。

「…………！」

柔らかい唇の感触と彼の吐息、リップ音にぬめらかな舌の動き。乳房に食い込む指先の力強さを思い出し、ステラは布団の中で息を止める。

(もうちょっとだけ……思い上がってもいいのかしら……？　明日、もう少し背伸びをしてアイザック様に触れてみてもいい？)

キスのあとの彼の熱い眼差(まなざ)しを思い出し、ステラは自身の胸を必死に押さえる。そうでなければ、高鳴る鼓動がベッドの帳(とばり)より外に聞こえ、ルビーに届いてしまうのでは……と恐れたからだ。

（アイザック様の唇……熱くて柔らかかった……）

自然と指先が自分の唇に触れ、ぷに、と押し潰す。あの口づけを思い出して真っ赤になったステラは、深呼吸をして布団に潜り込み、冷静になって眠ろうと努力した。

だが結果的に、彼から贈られた香水の香りをたっぷり吸い込むことになり、しばらくアイザックのことばかり考えていた。

＊＊

一晩中悶々(もんもん)として過ごし、アイザックのことで頭が一杯なまま朝を迎えたステラは、朝食中もずっと彼をチラチラと窺っていた。

「どうかしたか？」

そう尋ねられても、「あなたのことが気になって仕方がないんです」などとは口が裂けても言えない。

「い……いえ……」

赤くなって食後の紅茶を飲んでいると、アイザックが立ち上がってこちらにやってきた。

「え……」

「顔が赤いな。熱があるか？」

彼は無造作にステラの髪をかき上げたかと思うと、額に掌を押しつけ、そのあとに自身の額で熱があるか測ってきた。

「…………！」

すぐ目の前に彼の顔が迫り、嫌でもキスの瞬間を思い出してしまう。

朝食室には給仕や執事などもいて、キスをしているようなこの距離感を見られるのが、とても恥ずかしかった。

その上――。

「どれ、舌を見せてみなさい」

「え？」

「舌を出すんだ」

目の前にはアイザックの顔があり、左目がジッとステラを見つめている。なぜ舌なのかわからないまま、ステラは彼の美貌に負けておずおずと舌を出していた。

「あ……」

小さく口を開いたが、アイザックはステラの顎を持って上向かせ、「もっと大きく口を開けて、舌を出して」と言ってくる。

（恥ずかしい……っ）

泣きそうになりながら思いきり舌を出すと、彼はしばらくステラの舌を見たあと、「舌は綺麗な色だな」と呟いて「もういい」と頭を撫でてきた。

「し……舌は……どうして」

「ん？　いや。舌の色で大体の健康状態がわかる。綺麗なピンク色だったから、問題ない」

健康状態を言っているのに、〝綺麗なピンク色〟と言われたのがなぜか恥ずかしくステラはボッと赤くなる。

「体調が悪いなら無理をせず、部屋で休んでいるといい」

「い、いいえ！　そうではなくて……」

体勢を戻したアイザックがそのまま席に戻りそうだったので、ステラはつい彼の袖を引いてしまった。

「……では、なんだと？」

まじめな顔でこちらを見ているアイザックは、心の底からステラがどうしたいのかを聞こうとしていた。

そんな彼の誠実さに対し、不埒（ふらち）な思いを持っている自分が情けなくなる。

「…………いえ。なんでもございません」

俯いて彼の袖を離すと、頭を優しく撫でられた。

「もし言いたいこと、やりたいことがあれば、いつでも言ってほしい。君の望みはなんでも叶えたい」

「……はい」

ステラが心の奥底で望んでいること――もう一度キスをしたいと伝えたら、彼はなんと答えるだろう。

優しいアイザックのことだから、受け入れてキスをしてくれる気がする。だがそこには「我が儘を聞いてあげる」という彼の優しさがあるに違いない。

アイザックに恋人や特定の人はいないと聞いた。それでもステラは自分が彼に愛されているのかどうか、いまいち自信を持てずにいた。

「愛しいと思っている」「好意を持っている」と言われても、彼の口から決定的な言葉を聞いたわけではない。

(……私、こんなに面倒な女だったのね)

アイザックは席に戻り、執事が差し出した銀のトレーから書類を手に取り、目を通している。

多忙で常に仕事に追われている彼に対し、自分は色狂いなのでは……と思い恥ずかしくて堪らない。

そのままステラは何も言えないまま、いつも通りに屋敷で過ごした。

季節は清々しい風が吹き、色を深くした緑が生い茂る夏だ。エインズワースという国は涼しい国のようで、夏と言ってもよほど動き回らなければ、汗をかくことはなかった。

リーガン邸の庭でルビーとお茶をし、ステラはぼんやりとアイザックの言葉を思い出す。

『その時は、私がもらい受けるさ』

（あの言葉は、不安に駆られていた私を勇気づけるためのものだったのかしら。それとも、本気……？）

毎日、何もかも満たされて幸せだ。

アイザックはいつまでもここにいていいと言ってくれるし、ルビーといると楽しい。使用人たちもとても親切だ。衣食住に困ることはなく、第三者から見ればステラはアイザックの恋人のように扱われている。

（でも……）

周りの温かさを感じれば感じるほど、ステラは孤独を覚える。

（自分が何者であるかわからない私自身に、価値を見いだせない。私が貴族の子女だとして、私の家族は心配していないの？　始まりの街だったカリガの近くに行けば、何か思い出せる？）

自分が〝何〟であるかという思いは、存在意義に繫がる。

自身の核となる部分が定まらず、ステラは幸せな環境にいてもそれを素直に享受することができないでいた。心のどこかに、「自分にそんな価値があるのだろうか？」という疑問があるからだ。

（せめてアイザック様のお役に立ちたい。彼に『役に立つ』と言われ、『ステラがいてくれてよかった』と褒められるようなことをしたい）

浮かび上がった気持ちは、人の生存本能として当たり前の思いの気がする。

何かをし、褒められ、求められたいという、素直な欲求だ。

（私にできることはあるかしら……）

物思いに耽(ふけ)っていた時、向かいに座ってお茶菓子をパクついていたルビーが「あ！」と声を上げた。

「どうやら注文していたランジェリーが届いたようです」

見てみれば、屋敷の門から大きな箱を抱えた男性がアプローチを歩き、玄関に向かっているところだった。

「ステラ様。よさそうなものをたんまり注文しましたから、ご覧あれ」

ルビーはニヤァ……と人の悪い笑みを浮かべ、お茶を飲み干した。

「こ、これは……！」

ルビーがテーブルの上に並べていった〝大胆なランジェリー〟を見て、ステラは赤面し絶句した。

そこには向こう側が透けてしまいそうな布でできたランジェリーがあり、中には肌をかなり露出するものもある。もっと言えば、紐を身につけているのでは？というものまであった。

「どうです？　これが最近の王都にいるレディたちの流行です。……流行といっても、未婚の女性が身につけるには大胆すぎますから、お相手のいる方限定ですけれどね」

ルビーは得意げに顎をそびやかし、両手を腰に当ててふんぞり返る。

「こ、……こんなものが流行しているの……!?」

あまりにきわどすぎて、ステラは泣く寸前だ。けれど興味津々なので、目だけはヒラヒラとしたランジェリーを見ている。

「恥ずかしがることはありませんよ？　一等地にあるランジェリーショップには、レディたちが連れだって入っています。『あれが可愛い、これも素敵』と、とても前向きな気持ちで見ているのです。ご夫婦でお店を訪れる方々もいます」

「そうなのね」

「ランジェリーは恥ずかしいものではない」と肯定的に言われ、ステラは認識を改める。

「この国において、夫婦の愛を深めるのはとても神聖な行為です。夜の生活は絆を深めるのに何より大切です。相手をより愛するために必要であれば、ランジェリーで女性を美しく扇情的に見せることも、道具を使うことも皆していることです」

「……道具、って？」

愛し合うのに何か道具が要るのかと尋ねたステラに向かって、ルビーは明後日の方向を見てペロッと舌を出した。そしてあからさまに話題を変える。

「それはそうと、ステラ様はどれがお好みです？　私はこれなんかいいのでは、と思いますが」

そう言ってルビーがピラッと持って見せたのは、扇情的な赤いランジェリーだ。

バラの花のように体の周りに薄い布が幾重にも重なり、美しい。胸元には布を重ねたバラのコサージュが二つあり、揃いになっている下衣の中央にもバラの花があった。

「素敵ね……。大人っぽいわ。……ん？　待って？　……ここ、縫われていないわよ？」

ステラが注目したのは、下衣のバラの下だ。そこは大事な部分を守る場所なのに、布地がパックリと開いて用をなしていないのだ。

「ステラ様、これはわざとなのですよ？　このようなランジェリーは、着たまま愛し合える作りになっています。胸の部分だって……ホラ、バラが取れるようになっているんです」

そう言ってルビーはボタンで留めてあるだけらしいバラを取る。すると胸の布地の中に丸い穴が空いているのが丸見えになった。

さすがにそれを見れば、ステラとて実際に着てみたらどうなるのか想像できる。

「みっ……見せる、の？」

「見せます！」

たじろいだステラに、ルビーは鼻息荒く頷き、グッと親指を立ててみせた。

「どうしたらいいの……」

途方に暮れてステラはランジェリーをよく見てみる。どれもこれも美しいのだが、実際に自分が着てみた姿を想像すると、恥ずかしくて堪らない。

「……アイザック様に呆れられないかしら？　私、一応未婚の女性だし、痴女のように思われてしまわない？」

「旦那様は不器用な方です。ご本人がその気になれば、今すぐにでもステラ様を押し倒し、熱烈に求められるかもしれません。ですがあの方なりの気遣いと優しさで、記憶のないステラ様に無理強いをするのはよくないと、ご自身を律しておいでです」

ルビーの言葉を聞き、ステラは考え込む。

(私とアイザック様はそれとなく想い合っている……と思ってもいいのかしら？　けれどあの方の決定的なお言葉は聞いていないわ。でも……このままのよくわからない関係を続けるより、あの方の心からのお言葉を引き出してみたい。そのためには、行動をしなくては)

ルビーのお陰か、いつもより気持ちが大胆になれている。

「……前向きに考えてみたいわ。一人でウジウジしていても、このままでは優しいアイザック様は私に対して何も行動をなさらない気がするの。……私は、役立たずなままこのお屋敷に置いていただいていることに負い目を感じている。そんな私がアイザック様のお役に立てるなら、たとえ……か、体だけでも……、満足していただけたらと思うの」

ステラのランジェリーを見る目が、変わった。

恥じらいはまだあるものの、自分を飾り立て、アイザックに楽しんでもらうための、戦闘服ぐらいの気持ちに格上げされた。

「……いじらしいですね、ステラ様」

真剣な眼差しでランジェリーを見始めたステラに、ルビーはしみじみと言って微笑む。

「私の財産は、この身一つしかないわ。それを捧げてアイザック様が喜んでくださるなら、それでいいの。……婚前交渉をしては女性の価値がなくなるとか言う方が、世の中にはいるかもしれない。けれど記憶がいつ戻るかわからない私に、まともな結婚が待っていると思えないわ。私がどこかの貴族の娘だとしても、家族が探していないだろうことを考えると、きっと私を大切に思う人もいないのよ」

自分を卑下するようなことは、本来なら言いたくない。

それでも記憶をなくし自分のルーツもわからないステラは、誇りを持てる部分が何もなかった。

「私の存在を知った誰かに、『体を使ってアイザック様を誘惑した愛人』と言われても構わないわ。今の私ができるのは、それぐらいしかないもの。……ね、閨の知識はあまりないのだけれど……」

ランジェリーを両手で持ったまま自信なさげに言うステラを、ルビーが励ましてきた。

「そのように言わないでください。この屋敷にいる誰一人として、ステラ様を愛人などと思う者はいません。ステラ様は旦那様のお客様です。その上でお二人に個人的な進展があっても、誰も何も言いません」

「……そうかしら……」

頼りない布たちを見ながら、ステラはアイザックに想いを馳せる。

彼の唇の熱さ、感触を思い出し、「キスをくれたのは好意の表れ」と信じ込みたい自分を激励した。

「……私、頑張ってみるわ。このお屋敷にいる自分の意義をきちんと見つけたいの。アイザック様は『そんなことを考えなくていい』とおっしゃるかもしれない。ルビーたちだって、私が何もしなくても優しくしてくれるのはわかる。……でも私自身が、何もできないのにお客様としてもてなされている自分を許せないの」

「ステラ様はまじめですね。……そういうところ、好きですよ」

ルビーはニコッと笑ってから、改めてランジェリーに向き直った。

「さぁ、それでは真剣に悩んで決めましょうか！」

「ええ」

その後、ルビーと二人でランジェリーを一つ一つ検分して、女子同士のまじめな会議をしたのだった。


最終的な物を決める前に、ステラはアイザックの好きな色を尋ねようと思った。

彼の女性の好みは知らないが、清楚（せいそ）そうな女性や、華やかな女性など、好みの傾向はあるだろう。それによってランジェリーの色を決めてもいいかもしれないと思ったのだ。

ルビーとすっかり話し込んでいたので、ステラはアイザックが屋敷にいるか、不在なのか把握していなかった。

屋敷の中は好きに歩いていいという許可が出ていたし、アイザックの執務室なども用事があればいつでも入っていいと言われている。

「アイザック様」

なのでステラはいつものように彼の執務室のドアをノックし、少ししてから静かにドアを開いてみた。

彼は返事をしてくれる時もあるが、仕事に没頭してステラの声が聞こえていない時もある。

そういう時も「構わずに入ってくれ」と言われていた。

「失礼いたします」

小さく声をかけて書斎に入ると、中はもぬけの殻だった。

(外出されているのかしら。出直さないと)

主がいない部屋をあまり見てもいけないと思い、ステラはすぐ書斎を出ようとする。

だがデスクの上に置きっぱなしになっている手紙が、どうしても気になってしまった。

いつも彼のデスクに載っているのは、軍部に関わる報告書などで、彼はそれらに目を通してはサインをしたり、再度提出させるために指示を書いたりしていた。

今デスクの上にあるのは、見慣れた書類ではなく、美しい金箔の模様がついた封筒と便箋だ。

(女性……が書いたのかしら)

直感でステラはそう思った。

いけないと思うのに彼女は静かにデスクに近寄り、封筒から出されたままの便箋を手に取ってしまう。

そこにあったのは、流麗な女性の文字だ。

『愛するアイザック様。もう少しでお会いできますね。その日を楽しみにしています。ステラ』

「っっ――――!!」

ステラはその場に崩れ落ち、手で口元を押さえこみ上げる涙を必死に堪えた。

彼から与えてもらったものの中で、何より大切にしていたもの――名前は、彼の想い人のものだった。

『〝星〟という意味だ』

そう言って名前をつけてくれたアイザックの微笑みを思い出し、なんて残酷なことをする人なのだと体が震えた。

「……っ、私は、……アイザック様だけの星ではなかった。……私は光り輝く本物の星(ステラ)の、陰星……」

裏オークションで売られること以上に惨めなことはないと思っていた。

だが、想いを寄せた人が自分を身代わりにしていたと思い知らされ、ステラの誇りはそれよりもずっとズタズタに引き裂かれた。

「……っ、バカみたい……っ」

彼のためにランジェリーを選んで、「喜んでくれたら……」と笑っていた自分を、本物のステラが見たらどう思うだろう。

手紙は皺にならないよう、そっとデスクに戻し、ステラは書斎を出た。

一人になりたいからといっても、自分には行く当てもない。

部屋に戻ってルビーに「少し一人にさせて。たくさん話して疲れてしまったわ」と伝えると、無邪気な彼女は「夜に本気を出さなければなりませんものね」と言って大人しく出ていってくれた。

寝室に行き、ステラはドレスが皺になるのも構わず、寝台に身を横たえ放心する。

「アイザック様のことは……好き。どんな扱いをされても、恩人であるあの方を嫌いになれるはずがないわ。本物のステラさんはいつあの方に会いに来るのかしら？　この屋敷で鉢合わせてしまったら……どうしたらいいの？」

力なく横たわったまま、ステラは懸命に自分の気持ちを整理しようとする。

けれど胸の内に沸き起こるのは、顔も知らない〝ステラ〟へのどす黒い嫉妬だ。

「～～～っ……消えて、……なくなってしまいたい……っ」

掠れた小さな声で叫び、ステラは両手で顔を覆って嗚咽した。

＊＊

夕食の時は落ち着かず気もそぞろで、アイザックに「どうかしたか？」と訊かれても上手く答えられない。

それをなんとか誤魔化してようやく寝る時間になり、ステラはルビーに手伝われて昼間に見たバラのランジェリーを身に纏った。

その上にガウンを羽織り、室内履きを足に引っかけて「行ってくるわ」とアイザックの寝室に向かう。

夜の屋敷の中は静まり返っていて、特に三階はアイザックとステラの私室があるため、この時間帯になると呼び鈴を鳴らさなければ誰も来ない。

ただ一人いたルビーはメイド部屋に帰ってしまったし、あとは自分一人の戦いだ。

重厚なドアの前に立ち、ステラはゴクッと喉を鳴らす。

意を決してドアをノックすると、アイザックが「どうぞ」と返事をする声が聞こえた。

「どうした？　ステラ」

アイザックは寝室に入ってきた人物がステラだとわかっていたようで、書類に目を落としたまま尋ねてきた。

「あの……。私にお仕事をさせてください」

「え？」

だがステラがいきなり「仕事をさせてほしい」とわけのわからないことを言うので、彼は思わずこちらを見た。

ガウンを羽織ったステラは赤面したましずしずと近づく。そして彼の目の前でゆっくりとガウンの腰紐を解き、パサリと小さな布音をさせて脱ぎ捨てた。

「……ステ……ラ」

ランプの明かりに照らされて、ステラの真っ白な肌が浮かび上がる。

薄い布に包まれた肉体は、赤い色も相まっていつもより彼女を大人びて見せた。

ステラは白い頬を赤らめ、唇には少し赤みの強い紅を塗っている。首から肩の華奢なライ

ンは丸出しで、肩から伸びた赤い紐は大きく盛り上がった双丘の上で二輪のバラに変わっていた。

胸の谷間には小さなリボンがあり、そこから何枚ものバラの花びらを重ね合わせたような身ごろに繋がっている。けれどその中央は大胆に開いていて、柔らかそうなお腹が丸見えだ。ちょこんとしたへそがある付近にはレースでできた靴下留めがあり、ぷくんと膨らんだ恥丘にはやはりバラが咲いている。バラを支える紐は柔らかな腹部に微かに食い込み、その陰影が肌の柔らかさを如実に語っていた。

バラの下は白金の和毛(にこげ)があるのだが、毛量が少ないこととバラの陰になっていることで見えていない……はずだ。

太腿は靴下留めから下がったベルトで、バラ柄レースの長靴下に包まれている。

震える脚でステラはアイザックの前に立ち、声すらもわななかせて彼に告げた。

「……どうぞ、私を女として役立ててください」

蚊の鳴くような声で告げた時、弾(はじ)かれたようにアイザックが立ち上がり、自身のガウンを

脱いでステラに羽織らせた。

「なぜこんなことをする」

詰問され、羞恥の極限で誘ったというのに拒絶されたと思ったステラの目に、涙が浮かび上がる。

「……ア、アイザック様に満足していただきたいのです」

「誰がそんな入れ知恵をした。ルビーか？」

ステラに魅了されるというより、アイザックは怒っているようだ。

ルビーの名前が出て、ステラは顔を上げて何度も首を横に振った。

「違います！　わ、私からアイザック様とお近づきになりたいと、ルビーに相談したのです。彼女は私の望みを叶えてくれようとしただけで、何も落ち度はありません」

「だからと言って……」

ステラの肩に手を置いたアイザックが、深い溜め息をつく。

（……どうしよう。失望させてしまった？　呆れられてしまった？　……でも）

ここまで来ては戻れないと、ステラは思いきってアイザックに抱きついた。

「っ……ステラ」

「わ、私……っ。そんなに魅力がありませんか？」

「そんなことはない。なぜそう思う」

「カリガからエイシャルに来るまで、あなたは私と同衾しても決して女として求めませんでした。私はそんなに、アイザック様の好みから逸脱していますか？」

こうなったらはしたないなどと言っていられない。ルビーにお膳立てまでしてもらったのに、アイザックに大人の対応で部屋まで送り返されたとなれば、逆に恥だ。

手紙を見てしまって嫉妬したことは、誰にも絶対に言わない。自分はただ、アイザックの役に立ちたいのだという強い気持ちを持った。

「君は自分が買われたと思っているのに、道中で手を出していたら鬼畜の所業だろう。私だって我慢をしていた」

「そ、その〝我慢〟は、いつまで続くのですか？」

泣きそうになりながらステラは必死に食い下がり、潤んだ目でアイザックを見上げる。

金色の瞳に見つめられ、アイザックは乱暴に溜め息をつく。

「きゃ……っ!?」

そして少し屈(かが)んだかと思うとステラを抱き上げ、大股に寝台まで向かうとステラをその上に寝かせた。

「ん……っ」

マットレスの上で少し弾んだステラを、アイザックは組み敷いてくる。

「……私が獣のように君を貪(むさぼ)ってもいいというのか」

隻眼がステラを見下ろし、彼はなんらかの感情を押し殺した声で尋ねた。

「……覚悟がなくて、こんなことはいたしません」

当然怖い。

けれど役立たずのまま〝お客様〟の扱いをされるのは、正直限界がある。

「……不安なのです。私はこのお屋敷で何もさせてもらっていません。メイドたちの手伝いをしようとしても、『とんでもない』と追い返されます。アイザック様が私を客人として扱いたいのもわかっています。ですが私の記憶は戻らず、家族が私を探しているという話も聞きません」

ステラの気持ちを聞き、アイザックは微かに目を眇める。

「私は貴族の女性なのかもしれません。けれど、貴族とてなんらかの役割を持っているはずです。私はここで毎日遊んでばかりで、アイザック様に高価な物まで買い与えてもらっています。……ですが私は自分にそんな価値があると思えないのです。私は何も持たない、この身一つしか財産のない存在です。アイザック様がもし私にわずかでも好意を寄せてくださっているなら、どうか女として役立たせてください」

思い詰めた瞳で訴えるステラを、アイザックはしばらく見つめ、微かに息をつく。

「そこまで思い詰めていたとは思わなかった。すまない」

「アイザック様が謝られることはありません。あなたは私に自由と人としての尊厳をくださいました。それから名無しの私に名前をくださいました。ドレスも美味しい食事も、柔らかなベッドも、何もかも与えてくださるあなたに、何も非はありません。すべて私の我が儘なのです」

（本当に、私一人の我が儘だわ）

言いながらステラは深く自覚し、そして彼を困らせている現状をとても情けなく思う。

同時に胸の奥でねじれた想いが沸き起こる。

（あなたの想い人と同じ名前の私を、どうぞお抱きになって）

「もしアイザック様が私に少しでも魅力を感じられているなら、体だけでもいいのでお役立てください。私は……あ、あなたをお慕いしています」

――言ってしまった。

口にしてから、ステラの胸の内にどうしようもない感情がこみ上げた。

本当ならいつか、記憶が戻った上できちんと愛の告白をしたいと密かに思っていた。

だがあの手紙を見てしまった以上、ステラの中で〝本物〟に対抗したいという思いから、事を急く気持ちがある。

ステラの告白を聞き、アイザックは息を呑み、静かに瞠目する。

「先ほどはああ言ってしまいましたが、カリガからエイシャルまで私を守り通してくださったあなたは、本当に紳士だと思います。そんなあなたへの信頼は、私の中で揺るぎないものとなっています。使用人たちからも慕われる、優しいあなたに、私はいつのまにか……こ、恋をしてしまっていました」

改めてアイザックに愛の告白をし、ステラはあまりの恥ずかしさに赤面し、涙目になっていた。

けれどこの気持ちは伝えなければいけない。自分が彼の役に立ちたいと思っていることも、きちんと伝えて、彼との関係を進めたい。

「どんな形でもいいのです。愛人と言われても構いません。……一度だけでいいので、お情けをください。……アイザック様に決まった方が現れた時は、大人しく身を引きますから……。……お願いします……」

最後のほうは、声が半分涙で崩れ、掠れて小さな声になっていた。

(泣いては駄目！　泣いて困らせるなんて、卑怯なことはしないの！)

涙が零れ落ちそうになり、ステラは懸命に目を見開き、怒ったような顔になってアイザックを見つめる。

やがてアイザックはステラの頰に手を押し当ててきた。

「男が女を抱く、という意味をわかっているか？」

彼は親指でステラの涙の雫を拭い、低い声で尋ねてくる。

「……わかっています。子供ではありません。……詳しいことはわかりませんが、子をなす重大な行為だと理解しています」

ステラも覚悟を宿した瞳で答え、そんな彼女の乳房をアイザックがグッ……と揉んできた。

「こういうことをする。君の胸を揉んで、乳首を舐めて吸う。肌という肌を暴いて触れて舐め回し、君が嫌がるだろう恥ずかしい場所もすべて見て、触れる。君の女性器に指を入れ、舌で探って、男の性器を入れる」

具体的なことを言われ、さすがに赤面する。

「……構いません。そのために参りました」

どれだけ脅してもステラが怯(ひる)まないのを察し、アイザックは彼女の頭を撫で、額に口づけた。それから両方の頬にキスをし、隻眼でジッ……と見つめてから唇にキスをする。

「ん……」

フワッと彼の柔らかい唇を感じ、ステラは先日の胸の高鳴りを思い出した。

アイザックの舌がステラの唇を舐め、自然と口が開く。そのあわいを舌でこじ開けるようにして、彼はステラの唇の内側を舐めてから歯列に舌を這(は)わせた。

「あ……、ふ……っ、——ん、……んぅ」

まだ口を舐められているだけなのに、体が奥底からゾクゾクして堪らない。

膝頭をすり合わせたステラの脚にアイザックは手をかけ、左右にグイッと押し広げた。

「あ……っ」

ランジェリーの下衣の大切な部分は、パックリと開いている。

アイザックはそれを目で確認したのか、一瞬瞠目したあと静かにゆっくりと息を吐いてゆく。

「……ここまで私を煽(あお)っておいて、あとで泣いても知らないぞ」

微かに彼が唾を嚥下する音が聞こえる。

「……泣き、……ません」

まだ強情に抵抗するステラの胸を、アイザックは両手で揉んできた。

「あ……、は……ぁ……」

むっちりと実った双つの果実が、アイザックの大きな手によって捏ねられ、卑猥(ひわい)に形を変えられている。

柔肉に指先が食い込むたびに、ステラは切なげな息をつく。

「このバラは……邪魔だな」

アイザックは呟き、布でできたバラを摘まんで揺り動かす。布地にしっかり縫いつけられているのではないと察し、外し方を模索しているようだ。

けれどステラがボタンで留められていると明かす前に、彼は仕組みに気づいてあっという間に二つのバラを外してしまった。

「あ……」

バラを外されてしまうと、ステラの胸を守るものは三角形の紐しかない。その中にぷっくりと白い乳房が窮屈そうに押し出され、先端には可憐な色の突起がある。

アイザックはその突起を親指で何度も横薙ぎに撫で、凝り立たせてきた。

「ぅん……、あ……っ」

そこを意識的に触れられたことがないため、ステラはあえかな声を上げて身じろぎする。

「可愛い色をしている」

彼がステラを辱めるためでなく、何気なく呟いた言葉すら、ジン……と体に染み入って余計に感じ入ってしまった。

「あまり……、見た目のことをおっしゃらないで。恥ずかしいです」

小さな声で抵抗を示すと、アイザックがニヤッと意地悪に笑った。

「閨事は恥ずかしいものだ。これは君が望んだことだぞ？」

そう言ったあと、彼はステラの首筋や鎖骨、肩、デコルテに唇を降らせてくる。

「ふ、……ぁ、あ……っ」

アイザックは言葉を飾らず、偽らず、いつもまっすぐな人だ。加えて性格も浮ついたところがなく、実直だ。外見も黒髪にいつもきっちりと軍服を着込んでいる姿、人の本質を見透かしそうな目など、硬質なイメージがある。

それなのに彼の唇ときたらとても柔らかく、それを素肌に押しつけられていると気持ちがフワフワしてくる。

思わず口から情けない悲鳴が漏れたステラの唇を、アイザックは指でツゥッとなぞってきた。

「あン、ぁ……あ……」

口元を指で触れられ、ステラは無意識に舌で彼の指先を舐める。

熱く柔らかな唇で肌を愛でられ、彼のもう片方の手はステラの括れた腰から臀部(でんぶ)を愛しむように撫でる。アイザックの唇と両手に翻弄(ほんろう)されたステラは、どうしたらいいかわからなくなり、混乱したまま彼の指に吸いついたのだ。

「ぁむ、……ん、……ちゅ」

口内に入ってきたアイザックの指をしゃぶるステラは、その行為にゾクゾクと体を震わせる。

やがてアイザックはステラの乳輪に口づけたかと思うと、舌先でツゥッ……とその輪郭を丸くなぞった。

「っひぁ……っ、あ……っ」

肝心な部分にまだ触れられていないのに、熱い吐息を乳首にかけられてステラはか細い悲鳴を上げる。

ゴクッと唾液を嚥下したステラの唇をアイザックの指がまたなぞり、彼女の唾液を塗りつけてきた。ぷっくりとした唇にヌルヌルと指が這い、それだけでとても淫靡なことをされている気持ちになる。

(お腹の奥が……、ジンジンする……っ)

ステラの腰は自然に揺れ動き、華奢な下着に守られた下腹部をアイザックの体に押しつけていた。

「……君は潜在的に淫らな素質があるのか？」

問いかけたアイザックの声は、いつも通り冷静な口調ではあるが、その奥に普段では決して見せない熱を見せている。

「や……っ、淫ら、……なんて、おっしゃらないで……っ」

いやいや、と首を振るステラをアイザックは物言いたげな目で見て、不意に赤い舌を見せつけるように出してから、彼女の乳首をレロリと舐め上げた。

「つあぁあ……っ！」

一際強い愉悦が体の奥を燃え立たせ、ステラは耐えきれず声を上げる。

快楽を得て硬く勃起した乳首を、アイザックは何度か舐めてから周囲の肉ごと口に頬張り、じゅっと強く吸いついてきた。口内でレロレロと可憐な肉粒を舐め回し、舌で蹂躙する。

「つふぁああ……っ、あぁああ……っ」

無意識に脚を閉じて身悶えようとしたステラだが、脚の間にアイザックの胴があり、結局太腿で彼の腰を強く挟んで腰を揺り動かすことになる。

くねくねと猥りがわしく体を左右に動かし、ときおり突き上げるように腰を跳ねさせる。

「つどこで、そんな腰つきを覚えてきたんだ……っ」

アイザックは怒ったような声を出し、淫靡な下着の間から顔を出した乳首にカリッと歯を立てた。

「ンうぅうぅ……っ！　んーっ！」

いやらしいのがいけないのだと思ったステラは、自分の手の側面を噛んで必死に声を堪える。けれどその手をアイザックが掴み、やんわりと口から離した。

「君の綺麗な手を傷つけてはいけない。声ならいくらでも出していいから、手を噛むことはするんじゃない。いいな」

「……はい」

こんなたわいのないことなのに、アイザックはステラの手すらも大切にしてくれる。

胸の奥にとろりと愉悦が満ちようとした時、彼は今まさに、自分に本物のステラを重ねて抱こうとしているのでは、という邪推が浮かび上がった。

――もっと私に溺れてしまえばいい。

胸の奥にメラメラと対抗心が沸き起こり、ステラはアイザックの頭を抱き締めた。

ルビーからも「ステラ様はお胸が大きくて魅力的ですね」と言われている。エイシャルに来て他の貴族の女性と会っていないので、自分と似たような格好をした他の人と比べてどうなのかはわからない。

だがルビーの言葉を信じるなら……と思い、女性の武器にもなり得るそこを思いきりアイザックの顔に押しつけた。

「んっ、ぷ」

むちっとした弾力がありながら柔らかい双丘に圧迫され、アイザックは一瞬息を詰まらせる。それでもすぐ顔を上げて欲に駆られた目を見せると、今度は反対側の乳房にしゃぶりついてきた。

彼は両手でステラの腰から臀部に沿って、何度も手を上下させて撫で回す。最初は薄いランジェリーの上からだったが、布地が邪魔だからか、裾から手を入れて直接肌に触れてきた。

剣を握り硬くなっている掌で触れられると、よりいっそう彼の男性らしさを感じる。

アイザックは滑らかなステラの肌を太腿まで堪能したあと、ぷつんと下腹部を覆っているバラを取ってしまった。

「……こんな扇情的な下着を身につけて……。決して私以外の人間に、この姿を見せてはいけない」

「ル、ルビーだけです……っ」

相談相手の名前を出すが、彼は「ルビーでも妬く」と呟いてまたステラの胸に吸いつく。

(妬く……？)

彼の言葉に一瞬思考が止まった時、秘められた部分にピタリとアイザックの指が触れた。

「ん……っ」

不浄の場所に触れられてステラはすぐ動揺し、どうしたらいいかわからず困った顔で彼を見る。

「痛かったらちゃんと言いなさい」

けれどアイザックはそう言いつつも行為をやめる様子はなく、すでに潤った場所を指でヌルヌルとかき混ぜ、ステラの花びらをほぐしていく。

「ぁ……の……」

本当に閨事に関してここから先のことはよくわからない。

不安になったステラが何か言おうとするが、彼は息をついてしみじみ呟く。

「いつのまに……、キスをして胸を少し触っただけで、こんなに濡らす女性に育っていただなんて」

「すっ、……すみませんっ」

まるでとても淫らな女性だと言われた気がして、彼女は顔を真っ赤にして謝罪していた。

「いや、そうじゃない。女性は知らないうちに美しくなって、大輪の花になっているのだと感慨深くなっていたところだ。……このまま知らないふりをして放っておいたら、よその男に摘み取られてしまう可能性もあるな。大切に庭園の奥に隠しておかなくては」

「え……？　つぁ、あ！」

彼の真意を測ろうとしたが、たっぷりと蜜を纏わせた指がつぬぅ……と蜜口に入り込み、ステラは息を止めた。

自分の体内に誰かの指が入るなんて、今まで体験したことがない。先ほど口を指で好きなようにされたのだってドキドキしたのに、今は秘めるべき場所にアイザックの指が入っている。

脳裏でアイザックの指を思い浮かべ、ステラはキュッと蜜壺を締めた。

毎日の生活の中で、彼の手をとても綺麗だと思っていた。

男らしく骨張って大きいのに、指はスラリと長いのだ。あの手で頭を撫でられるたびに切ない気持ちになったし、彼の手を見ては「抱き締めてほしい」とか、「もっと触れてほしい」とか思っていた。

言ってしまえば欲を孕んだ目で見ていたアイザックの指を蜜壺に含み、ステラは信じられないぐらいの愉悦を覚えた。

「つぁ、あぅ……っ、あぁあぁぁっ」

彼の指は浅い部分をツプツプと何度も出入りし、ステラのそこがどのような具合になっているか確かめているようだった。

「とても熱いな。柔らかくて、なのに締めつけが強い」

熱の籠もった吐息をつき、アイザックはもう少し奥まで指を挿(さ)し入れる。

「うん……っ、ん……っ」

蜜壺の中で彼の指が蠢(うごめ)くと、なんとも言えない感覚に全身が支配された。くすぐるように中で指をそよがされ、下腹部の奥から堪えきれない快楽が全身を駆け巡ってくる。

何よりもクチュクチュと濡れた音が聞こえるのが、恥ずかしくて堪らない。

今までアイザックと一緒にいて色んなシーンで羞恥を感じることはあったが、自分の体が立てる音による羞恥は、いっそう強い。

「ステラ。体の力を抜くんだ。私の指を受け入れて、自分が『気持ちいい』と思う場所を探してみなさい」

ステラの蜜壺を指で暴きながら、アイザックはさらに高度なことを求めてくる。

「き……もち、いい……だなんて……」

恥ずかしくてそれどころではないのに、と思いながらも、ステラは目を閉じて彼の指に感覚を集中させた。

「あん……っ、ん……っ、んぅ」

まだ快楽を正直に受け入れられていないが、アイザックの指が水音を立てて蠢くたびに、口から艶冶(えんや)な声が漏れる。

彼の指先が柔らかい肉襞を擦り、圧迫するたびに、体の内側で見知らぬ感覚が生まれ、ステラをまったく別の存在に変えてしまおうとするのだ。

こんな情けない声を漏らすのも、その感覚のせいだ。

(恥ずかしい……っ、もっとちゃんとしたいのに……っ)

ルビーと少しだけ閨事について話したことがあるが、「旦那様に身を委ねれば、きちんと愛し合えると思いますよ」と言われていた。

けれどステラはその「きちんと」がわからず、彼の指に翻弄されている現状が、合っているのか間違えているのかすらわからない。

ステラの想像では、もっと落ち着いた大人の対応ができるはずだったのだ。肌を見せ合って口づけをし、すんなりと彼を受け入れて気持ちいい行為をする——予定だった。

だが今のステラは羞恥にまみれ、アイザックの手で体をまさぐられるだけで一杯一杯になり、涙目だ。そんな嬌態を彼にジッと見つめられているのも、居たたまれない。

「ステラ。これは気持ちを確かめ合う行為だ。恥ずかしいのはわかるが、緊張していては楽しめない。私との行為が苦痛なら、無理強いはしない」

アイザックにそう言われ、ステラはハッとして目を開けた。

「いっ、……嫌です！　ちゃんと……、ちゃんとしますから……っ」

けれど構えれば構えるほど、〝正解〟がわからない。

焦って混乱したステラの蜜壺から、とうとうアイザックは指を引き抜いてしまった。

「あ……」

(呆れられてしまった……)

胸の奥に冷たく重たい石を投げ込まれた気分になり、ステラは今にも泣き出しそうな顔で彼を見上げる。

だがアイザックは蜜に濡れた指をペロリと舐めると、枕元にいくつも置いてあるクッションを取り、ステラの腰の下に挟んできた。

「え……っ？」

わけのわかっていないステラの太腿を押し上げ、アイザックは膝の裏を押さえて彼女の秘部が天井を向くような格好を取らせる。

「や……っ」

「ステラ。〝ちゃんとしたい〟なら私に協力しなさい。自分の手で膝の裏を押さえて、しっかり脚を開いているんだ」

「わ……わかりました……」

恥ずかしくて声を震わせたまま、ステラは両手で膝の裏を押さえた。

秘めるべき場所を好きな人に晒し、消えてなくなりたいほど恥ずかしい。

だがアイザックはステラの羞恥など構わず、真っ白な太腿とお尻を両手で撫でたあと、秘部に顔を寄せて舌を押しつけてきた。

「ひっ……ぅ。き、汚い……っ、です」

「汚くない。大丈夫だから集中させてくれ」

「は、はい」

恥ずかしさのあまりあれこれ口にしてしまうのがよくないらしく、ステラは口を引き結んだ。

だがアイザックが花びらに沿って舌を動かし始めると、言いようのない感覚に陥ってどうにもならなくなる。大事な部分に彼の吐息がかかり、柔らかな舌で花弁や蜜口を舐められると、ゾクゾクしてどうしたらいいかわからない。

「つは、——ぁ、あ……」

吐息を震わせて声を殺し、ステラはゴクッと口内に溜まった唾を飲む。

「君はこちらからの快楽のほうが、素直に受け取りやすいようだな」

アイザックが呟いたのが聞こえ、何か言おうとしたが、次の瞬間ステラは思いきり息を吸い込んでつま先をギュッと閉じた。

「つひぁあああぁ……っ！」

彼はステラの肉芽を口に含み、チュウッと吸い込んだのだ。

雷にでも打たれたかのような強い淫激に晒され、ステラは目の前に星が散ったかと思った。

アイザックはなおも同じ場所を舐めては吸い、次第に彼の唇に包まれた淫玉はぷっくりと淫らに膨れ上がってゆく。

「つひぅ、――ひ、ぁ、……つあぁあ、あ、あーっ」

彼の舌がひらめくたび、この上なく切ない愉悦がこみ上げてステラは知らずと口端から涎を零していた。

それを舌で舐め取る余裕もなく、目を潤ませ顔を真っ赤にさせたまま喘ぎ続ける。

「ステラ。さっきよりもずっと蜜が溢れている。君は舐められるのが好きなんだな」

「つぃや……っ」

恥ずかしいことを言われ、全身が燃えるように熱くなる。

だがアイザックは両手の親指でステラの花弁を左右に引っ張り、そこに舌を平らに押しつけては蠢かせ、時に溢れ出た蜜をジュズッ、ズズッとはしたない音を立てて吸う。

ぬめらかな舌で存分に花弁を舐められたあと、硬く尖らせた舌をズボズボと蜜口に差し入れられてステラは悶え抜いた。

「つぁぁあああぁーっ！　駄目ぇっ、だめ、ぁ、あぁあっ」

先ほど指を入れられた時よりずっと快楽を得ているステラは、ビクビクと脚を震わせつま先を丸める。

アイザックの両手はステラの太腿を撫で上げたあと、ランジェリーの紐の間から窮屈そうにプリンと飛び出ている乳房を揉み始めた。

「うぅーっ、ぁああ、あ、ぅん……っ、ん、……んぅーっ」

舐められ続けて蕩けきった場所からは、とめどなく愛蜜が溢れている。肉真珠を吸われ、舌で転がされると強すぎる悦楽がステラを襲い、堪えきれなくなってきた。

「駄目、だめです……っ、何か……っ、きちゃう……っ」

「その〝何か〟を素直に受け入れなさい」

気持ちよすぎて辛いと言っているのに、アイザックは突き放すようなことを言い、さらにステラの花弁や蜜口に舌を這わせる。チュッチュッと肉真珠にキスをしたあと、やにわにそこに口づけ、強く吸引したあと、チロチロと舌を素早く動かし始めた。

「つあぁあああぁ……っ！　だめっ、だ、……っ、ぁあああぁ……っ！」

体の奥底からせり上がった〝何か〟が全身を支配したかと思うと、ステラの目の前が真っ白に塗り潰され、激しい波濤が彼女を襲った。

体が勝手にガクガクと震え、痙攣が止まらない。

腰が勝手に動き、耐えきれないほどの愉悦に呑まれているというのに、ステラは自ら秘部をアイザックの口元に押しつけていた。

「……ん、……ぁ、……あぁ……」

彼が口を離して大きな波がやっと引いていった頃には、ステラはぼんやりとした顔でベッドの天蓋を見上げるしかできなかった。

「どれ、これで中もほぐれたか？」

アイザックがそう言って、もう一度指をステラの中に挿し入れてきた。

「ぁ……あ……」

たっぷり潤ったステラの粘膜は、ぬるんとアイザックの指を受け入れ、充血して泥濘んだ姫壺の奥へ、呑み込むような動きをしていざなった。

すぐにチュプッチュプッと淫らな水音がし始め、ステラは先ほどよりもずっと指での愛撫に感じる。

「あんっ、あ、……あぁあ……っ、あ……っ」

アイザックは指の腹でステラの肉襞を擦り、時にトントンと小さく打って振動を与えてきた。入り口近くのザラザラした場所をくすぐられると堪らなく、奥まで指を入れられると深くて大きな波の予感を覚え、少し怖くなる。

「さっきより好くなったようだな」

アイザックはステラの蜜壺を指でまさぐりながら、彼女に覆い被さって口づけてきた。

「ん……ぁ、……は、む」

唇を何度も啄まれ、唇や口の周りを舐められるととても淫らな気持ちになる。

知らずとステラは自ら舌を伸ばし、いやらしくアイザックの舌を求めた。

「ステラ……。君にはこんな面もあったんだな」

熱い吐息をつき、アイザックがステラを見つめる。彼の手はなおも蠢き、ステラの体の深部をクチュクチュと探っていた。

「あんっ、あ、……お、女、ですもの……。お慕いしている方には、と、……特別な顔を見せます……」

呼吸を荒らげながらも、ステラは懸命にアイザックの寵愛(ちょうあい)を乞おうとしていた。

先ほどのように大きく脚を広げ、両手でアイザックの首を引き寄せ、彼の唇を求める。

彼に愛されて嬉しいという現状を刹那的に悦(よろこ)ぶ感情がある一方、心の奥底にはいまだ本物のステラへのドロドロとした嫉妬がある。

——今だけは、この方は私のもの。

そんな感情に駆られた自分は、絶対に貴族の女性などではないと自覚していた。

——それでもいい。

——今だけでもいいから、私だけを見て。

際限のない欲望が肉体という器から溢れ、アイザックの目に汚泥のような黒い感情が見えてしまったらどうしよう、という妄想すらする。

「いつも不安そうな目で私を見ていた君の気持ちを、測りかねていた。好意的な目で見てくれ、私がキスをしても拒絶しなかった。このまま君を奪ってしまいたいと何度思ったかわからない」

「つ……いつでも、私は……」

互いの舌を舐め合い、途切れ途切れの言葉で話すアイザックに、ステラは切なく眉を寄せる。

(あなたの気持ちの奥には、本物のステラさんへの遠慮があったのでしょう?)

けれど彼の手紙を盗み見してしまったなどとは、口が裂けても言えない。それが露見すれば、本当にこの屋敷を出ていかなくてはいけない。

「君は記憶を失い、この屋敷と私しか頼るものがない。毎日不安だろうし、時に物憂げな顔で考え事をしているのも知っていた。そんな君の弱さにつけ込んで、女性として求めるなど男のすることではない、と自分を抑えていた」

——あぁ……。

どこまでも自分のことを心配してくれるアイザックの優しさに、ステラの胸の内に愉悦がこみ上げる。

——もっと私を想って。もっと私を大事にして。

——あの女性(ひと)よりずっと。

とめどない欲望に駆られたステラは、アイザックの顔を自らの胸に押しつけ、彼の耳元に囁いた。

「私はいつでもあなたを受け入れる準備ができています。アイザック様の気が向かれた時に、この胸も、体も、指を入れてくださっているそこも、自由にしてくださぃ……っ。ぁ、……あぁ……っ」

感じきって子宮口が下りてきている奥の辺りを、指でぐぅっと押されて陶酔した声が漏れる。

「そんなふうに煽れば……、私がどうなるのかわかっているのだろうな？」

ステラの乳首を吸い、勃起したそこを舌で弾きながらアイザックが問う。ヌチュクチュと指で蜜壺をかき混ぜた挙げ句、親指でそれまで触れていなかった肉芽を横薙ぎにピンッと弾いてきた。

「あっ！ きゃ……っ、ぅ……っ」

ビクンッと大げさなまでに体を跳ね上げたステラの目の前に、またチカチカと星が散る。

肉壺はギュウギュウとアイザックの指を締めつけ、生理的に異物を押し返そうとした。

「君は妖精のように清純でありながら、私の目の前でだけ蠱惑的な女性になる。……まったく、……これ以上私を虜にしてどうするつもりなんだ？」

独り言ちるように言ったアイザックはステラの乳首を甘噛みし、親指の腹で何度もヌチヌチと肉真珠を撫でた。

「ぁあああぁ……っ、ぁああ、また……っ、また、きちゃ……ぅ……っ」

下腹部の奥で燃えさかっている炎が、また大きく爆発してステラを快楽の坩堝に叩き込もうとする。その予感を覚え、ステラは必死になってアイザックの頭を抱き締めた。

「何度でも達きなさい。君の淫らな姿を、すべて目に焼きつけておこう」

アイザックの言葉にすら感じ入り、ステラは大きく震えたあと歯を食いしばり喉を晒して絶頂した。

「達くっ、達き、ま……――っ、…………っあぁあぁあっ……！　――――あ、あ……」

膣を痙攣させ、ステラはアイザックの香りを思いきり吸い込みながら法悦の彼方を彷徨う。

陶酔しきったまま、体すら浮き上がってどこかをたゆたう心地を味わう。不意に汗みずくになった現実に魂が戻り、激しく呼吸を繰り返した。

「……よし、これで入れても問題ないだろう」

ぐったりとしたステラにもう一度キスをし、アイザックはトラウザーズを脱ぐ。

「あ……」

デスクと寝台の枕元にあるランプだけが、この部屋を照らす明かりだ。

それに照らされて現れたのは、美しい彼に似つかわしくない赤黒い肉槍だった。先端はキノコの笠のような形で、幹の部分には血管が浮き上がっている。全体的に天を突くように反り返り、その器官が一つの生き物のように感じられた。

「これを君のココに入れる。初めては相当痛むと聞く。……今ならまだ引き返せるが……」

「だ、大丈夫です。……私の誘惑を最後まで受け入れてください」

いまだ逃げ道を用意しようとするアイザックに、ステラは子供のように反抗した。

「誘惑……か。……そうだな。君がせっかくこんな扇情的な衣装を身に纏って誘惑してくれたのだから、最後までいただかなければ男ではない」

アイザックは微笑んでステラの脚を抱え上げると、泥濘んだ場所に亀頭を押し当てた。

「入れるぞ」

熱い切っ先がグッとステラの柔肉に沈み、彼女は吐息を震わせて頷く。

「緊張すると思うが、息を吸ってゆっくり吐きなさい。緊張していると、ココも固くなってしまう」

指先でトントンと下腹部を打たれ、ステラは「はい」とできるだけ彼の言う通りにしようとした。

ステラの粘膜を押し広げ、ぐぷ……とアイザックが入り込んできた。

彼女は懸命に息を吸って吐こうとするが、途中で強い疼痛を感じて顔をしかめ、呼吸を止めた。

アイザックの体の一部が、灼熱の塊となってステラの体に潜り込む。肉棒がどれだけ硬く張り詰めているかも身に染みて思い知り、破瓜の痛みに歯を食いしばる。

「ステラ、息を止めるな」

言われて慌てて息を吐くと、アイザックはさらに腰を進めてきた。

「うっ、……ん、……ん、……あ……」

痛みのあまり思わず呻き声を上げるると、寝台に片手をついたアイザックが、片手でステラの頭を撫でてきた。

「大丈夫だ。むりやり君の初めてを散らすものか。ステラが大丈夫と言うまで待つ」

そう言ってくれるものの、アイザックも眉間に皺を寄せ、どこか辛そうな顔をしていた。

「……ア、アイザック様。お辛い……ですか？」

額に汗を浮かべつつも尋ねると、彼は驚いたように瞠目してから小さく微笑んだ。

「……いや。私はとても気持ちいい。気を抜くと自分の欲を求めて腰を動かしてしまいそうで、己を律している」

「気持ちいい……のですか？　……よかったぁ……」

彼がこんなに痛い思いをしているのではないとわかり、ステラは涙ぐみながら破顔した。

アイザックはその表情を見て驚いたように固まり、切なげに笑ってステラを抱き締めてくる。

「……まったく、君って人は……」

そのまま、中途半端に挿入された状態でアイザックはステラにキスをし始めた。

「ん……、ぁ、……ん……」

唇を啄むところから始まるキスは、彼の癖なのだと思う。

次第に舌で探り合い、柔らかな舌先でつつき合い、舐めては吸う。口内に入れられた彼の舌を懸命に吸うと、鼻腔に入り込む彼の甘い香りも相まって多幸感がこみ上げてきた。

自然とステラの蜜壺から愛蜜が溢れ、それまでよりも滑りがよくなる。キスによってステラが感じたのを察し、アイザックは少しずつまた腰を進めていった。

「ん……っ、ん……、んぅ……」

いやらしい下着姿のまま、ステラは甘えるようにアイザックに抱きつき、彼の頭や背中を撫でる。両手一杯に温かくしなやかな筋肉を感じ、美しい肉食獣を抱いている心地になった。

大好きな人が自分の体に潜り込んでいることに、この上ない歓喜を覚える。

(確かに痛いけれど……。アイザック様がこんなに私を求めて、気持ちよさそうな顔をしてくださるなんて……)

アイザックの一物はゆっくりステラの隘路を進み、彼は荒くなった息をつきつつ「もう少しだ」とステラの頭を撫でた。

「だい……じょうぶ、です……。キスのお陰で、もうかなり紛れてきました」

「そう……か？　少し、我慢してくれ」

アイザックは呼吸を整えながらもう一度ステラにキスをしたあと、両肘を寝台につけてズンッと一気に貫いてきた。

「んぁっ！　つあ……、ぁ……」

最奥と思える場所にアイザックの亀頭が届いた瞬間、ステラは歓喜のあまり思いきり彼を締めつけてしまう。

「つく、……ぁ。……締まる……」

耳元でアイザックが荒々しい吐息をつき、そんな彼の反応にすらステラは感じ入った。

淫刀をすべて収めたあと、アイザックはしばらくステラにキスをしたり、乳房を舐めたり乳首を吸って、処女壺が馴染むまで待ってくれる。

やがてアイザックは上体を起こし、手を結合部に持っていくと指先に蜜をたっぷり纏わせた。指でヌルヌルと秘玉を転がされ、彼女は思わず悲鳴を上げた。

「きゃぁっ……！　そ、それっ、だ、駄目……っ」

挿入する前も同じことをされていたが、アイザックの肉棒を含んだ今の快楽はその比ではない。平らなお腹をビクビクと波打たせて彼を締めつけると、アイザックは愉悦の籠もった表情で笑い、もっとステラの肉真珠をいたぶってきた。

「あ、ぁ、あぅ、あ、……っ、あ、やぁっ、んーっ、い、好い……のっ、気持ち……いっ」

お腹の奥にまだ疼痛はあるものの、そうされると気持ちよさのほうが上回り、ステラは首をゆるゆると左右に振りながら無意識に快楽を肯定していた。

「そうか、気持ちいいか」

アイザックは満足した表情になり、また新たに蜜を掬ってはステラの肉真珠に塗り込めてきた。

「あ、あぅ、あ、あー……、ん、……んぅ、んぁ……っ、あぁ……っ……、んーっ！」

弄られれば弄られるほど淫悦がこみ上げ、ステラはそのうち自ら腰を拙(つたな)く揺り動かし始めていた。無意識の行為だが、秘玉だけでは物足りないと本能が察してのことかもしれない。

彼女の意思を察し、アイザックはステラの肉真珠を指で弄りながら、ゆっくりと腰を引き始めた。

「うぅ……、う……、あぁ……あ……」

ヌルル……と太竿(ふとざお)が引き抜かれ、お腹の中を満たしていたモノがなくなりそうな感覚に、ステラは必死に蜜壺を締める。惜しむようなその動きを感じ、アイザックは小さく微笑むと、雁首(かりくび)が見えるまで引き抜いたモノをまたズブズブと押し込んできた。

「あぁーっ、あ……っ、あぁ……っ、大き……ぃ……」

太く逞しいモノに征服され、ステラは艶冶な息をつく。

しばらくそのようにゆっくりと肉棒を往復させる行為が続き、気がつけば腰の下のクッションはしとどに濡れそぼっていた。

「んぅーっ、んーっ、ぁ、あぁ……っ、も……、駄目……っ、ま、また……っ」

彼の動きがゆっくりだったため、せり上がる悦楽も徐々にステラを満たしていた。けれど激しい動きで急激にこみ上げたものではなく、小さな熾火をしっかり育てられたその快楽は、より大きな絶頂をステラにもたらした。

「つあぁあああぁ……っ！」

ステラは両手でアイザックの腕を摑み、激しく体を震わせ、膣という膣を引き絞って気をやった。

彼の指や舌だけで達した時よりもずっと深い随喜を味わい、彼女はしばらく真っ白な世界をたゆたったまま、戻ってこられなかった。

その間、アイザックは手で愛撫する場所を乳房に変え、たっぷりとした肉質を味わうかのように五指を食い込ませてきた。

そして、徐々に速く腰を打ちつけ始める。

「んっ、んぅっ、あ、あ……っ」

太くて硬い剛直がぬぷっぬぷっとステラの処女肉を擦り、前後する。熱く張り詰めた彼の化身を頰張るだけで、ステラは頭の一部がジンと痺れたようになって、されるがままに揺さぶられていた。

彼の肉棒に穿たれるたびに、全身にゾクゾクとした愉悦が駆け巡る。いまだ膣だけで達することはできないものの、ステラは確実にアイザックに愛される悦びを得ようとしていた。

切っ先で膣壁を擦られるだけで堪らない気持ちになり、ある一部分を掠められるだけで体

がわななく。ふんわりと潤んで膨らんだ蜜壺は、愛しい人の化身を懸命に頬張って咀嚼(そしゃく)し、淫らな涎を垂らしてグチュグチュと音を立てる。

(あぁ……。私、こんないやらしい体をしていたなんて……)

突き上げられるたびに内臓すら押し上げられる感覚に陥り、ハァッハァッと呼吸を乱しながらステラは陶酔しきる。

アイザックの左目はひたとステラを見つめ、顔を真っ赤にして喘いでいる彼女の姿を、脳裏に刻みつけようとしているかのようだった。

彼の大きな手によって淫猥に形を変える乳房への羞恥や、ときおり爪でカリカリと乳首の先端を引っ掻かれて得る掻痒感(そうようかん)で、ステラは彼の欲棒をさらに締めつける。

「あぁーっ、あぁ、あ……っ、ア、イ、ザックさ……っ」

切れ切れの声で彼を呼ぼうとするのに、次から次へ押し寄せる快楽の波に呑まれ、まともな言葉が出ない。

「辛いか?」

ぐぷんっと最奥まで屹立(きつりつ)を突き入れたアイザックは、余裕のない目をしながらもステラを気遣ってくれる。

先ほどまでなら「大丈夫」と抵抗する気概があったが、今はもう、未知の快楽にまみれて音を上げてしまった。

コクコクと声もなく頷いたステラに、アイザックは「わかった」と言って再び蜜を纏わせた指で彼女の秘玉を撫で始めた。

「んぁあああぁ……っ！　あーっ！」

挿入だけでは達することができなかったのに、それをされるとステラはわかりやすく快楽を得た。

足の指をギュッと丸め、小刻みに呼吸を繰り返し、せり上がってくる愉悦をなんとかやり過ごそうと、体を揺さぶる。

「いいから達きなさい。そのほうが楽になる」

ズンズンとステラに腰を叩きつけながら、アイザックは彼女の膨らんだ肉真珠を愛撫し、また絶頂に導こうとする。

「あぁっ、だ、駄目……っ、達く、……ぃ、っちゃ……ぅ……っ」

口をパクパクとさせて目を閉じ、腰を引いたり突き出したりして悶え抜いたあと、ステラはまた大きな波に攫（さら）われて力の限り膣肉でアイザックを締めつけた。

「あぁあああ……っ」

哀れっぽい声を上げ、ステラは両手でバリバリとシーツを引っ掻く。

「ステラ……っ」

それに合わせてアイザックはさらに激しく腰を使い、バチュバチュと凄（すさ）まじい音が立つほどステラを突き上げてきた。

「つひぃ……っ、ひ、――あ、ぁっ」

絶頂した直後にその激しさはあまりに強く、ステラは涎を垂らして喘ぎ、小さな孔からプシャッと何かを零してしまった。

だがそれが粗相であるかなんであるか考えて恥じ入る余裕もなく、アイザックにガンガン突き上げられて頭を真っ白にし、最後にはそのまま気を失った。

「つあぁ……っ」

我慢に我慢を重ねて最後に全力でステラを蹂躙したアイザックは、最後の理性でグポッと屹立を引き抜いた。

フーッフーッと口から獰猛な呼吸を漏らし、彼は野獣のようなギラついた目でステラを見下ろし、自身の屹立を握って手を動かす。

淫らなランジェリーに身を包んだステラはピクピク痙攣しながら気絶しており、そんな彼女に目がけてアイザックは欲という欲を白濁に変えてビュルビュルとまき散らした。

「ステラ……っ、――ステラ……っ」

鈴口から迸る白濁を残滓という残滓まで彼女にかけたあと、彼は快楽でぼんやりした顔のまま、ぐったりと横たわる彼女を見下ろす。

どうしてこんなに、身体が熱くなるのだろう。

——ずっとこうしたかった。

——自分を見てくる目の奥に、女として見てほしいという感情があったのは、最初から気づいていた。

——我慢していたのに……。

「……くそ……」

小さな声で毒づいたあと、アイザックは自分の精液まみれになったステラを見て、どうしようもない自分のオスの部分が満足していることに嘆息する。

「これじゃあ……、我慢していた意味がない……」

俯いて呟き、汗で濡れた自分の髪をクシャリとかき上げた。

けれどどう考えても、ステラという圧倒的な美と愛らしさを誇る女性が、こんなランジェリーを着てまで自分を求めては、断れないと思う。

彼は目を閉じて何かを耐えるような表情になり、それから緩慢な動作でトラウザーズを穿くと、ステラの体を清拭するためにバスルームに向かった。

第四章　港街を騒がす事件

翌日、気がつけばステラは自分の部屋のベッドに寝かされていた。

それが自分一人なら悲しんだだろうが、隣にはアイザックも横になって眠っている。

幸せな心地で目を覚ましたあと、彼女はアイザックの胸板に顔をすり寄せ、もう一度惰眠を貪った。

勇気を出した晩以降、アイザックの態度は変わったと思う。

淡々とした物言いは変わらないのだが、ステラが話しかけた時の受け答えや雰囲気が、以前よりずっと柔らかくなった。

それに気のせいかもしれないが、ステラがよそを向いている時に、見つめられていることもある。彼の視線に気づいてそちらを見れば、さり気なく目線を逸らし、一旦終わらせたはずの書類を手に取ったり、飲み終わったはずのティーカップに目を落とす。

（私を気にしてくださっているのかしら）

疼くような気持ちでそう思ってしまうのは、ステラが彼に恋をしているからだ。アイザックを好きだと自覚してから、ステラの毎日は劇的に変化した。アイザックが在宅しているだけで気持ちが沸き立ち、彼が不在の日は早く帰ってこないか窓の外を気にするようになる。

相変わらず本物のステラのことを考えると悲しい気持ちになるが、彼女がこの屋敷に来るまでは、アイザックは自分のものだと思うようにした。

彼が自分を見つめて優しい表情になるのを、嘘だと思いたくない。

かりそめの関係だとしても、いずれ来る別れの日までは、幸せな思い出を築いていきたいと思っていた。

別の日の晩、メイド服を着たステラは夜も執務に励むアイザックの元を訪れ、夜食とお茶を差し入れたあと、また彼を〝誘惑〟してしまった。

我ながらはしたないと思いつつ、彼の目の前でメイド服のロングスカートを捲り上げ、「こちらもお召し上がりになりませんか？」と白いガーターベルトとレースの長靴下に包まれた下半身をチラリと露出する。

アイザックから注意を受けただろうに、懲りないルビーから背中を押され、その日はそれ以外の下着を身につけていなかった。

顔を真っ赤にして涙目になったステラから誘惑され、アイザックは「ああもう……」と言いながら、トラウザーズの前を盛り上げさせていた。

「わ……私に……。慰めさせてください」

彼が興奮した証を見て、ステラははしたないと自覚しつつも彼の足元に跪いた。

「ステラ」

当惑したアイザックが声をかけて制するが、彼女はトラウザーズの前を寛がせ、中から跳ねるように飛び出たモノを頬を染めて見つめる。

「お……教えてもらったのです」

そう言ってステラは手で彼の肉茎に触れ、熱いそれを優しく握ると、上下に手を動かした。

「ス、……テラ」

上ずったアイザックの声が、何より彼が感じている証拠だ。

(嬉しい……)

彼が気持ちよくなってくれれば、それだけステラは自分が「役に立てている」と思える。

口を開いて舌を先端に押しつけると、アイザックがくぐもった声を上げた。

「ん……、ちゅ、――は、……ぁ、あ……っ」

ステラは羞恥の感情を一旦忘れ、アイザックに〝奉仕〟することに専念した。

舌で亀頭を舐め回し、鈴口を舌先でくじる。唇で先端を包み、雁首の部分を吸引しながら舐めた。

ルビーがキッチンにあったバナナを持ってきて、それを使って二人で練習をしたのだ。恥ずかしかったが、実際同じようにやってみると、アイザックは気持ちよさそうな声を漏らし、ステラの頭を撫でてくれる。

彼の喜びは、ステラの喜びだ。

小さな手で太竿を握って上下させ、先端を口に含んだまま顔を前後させた。

だが、アイザックの手が伸びたかと思うと、「もう、……いい」と顔を上げさせられ、手を離されてしまった。

「……どこでそんなことを覚えてきたんだ。『教えてもらった』とは誰に?」

彼は熱を帯びた目で、けれど怒った顔で問い詰める。

「……ル、ルビーと、バナナで練習しました……」

「…………バナナ……」

アイザックはハァ……と溜め息をつき、ステラを抱き上げて自分の膝の上に乗せた。

「いいか?　私は君の体があればそれだけで満足できる。今のは確かに気持ちよかったが、あまり積極的に男を求めるんじゃない」

「……はしたなくて、呆れましたか?」

彼が喜んでくれればいいと思って頑張ったが、やはりやりすぎたのかもしれない。

俯いて顔を赤らめたステラの頬を、アイザックは手の甲でスリスリと撫でてきた。

「私が我慢できなくなると言っている」

そう言って彼はグッと腰を突き上げ、ステラの何も身につけていない秘部に彼の強張りが擦れる。

「ぁ……」

欲を孕んだ隻眼がステラを見つめ、顔が近づいてくる……と思うとキスをされていた。

「ん……、ふ、……ぅ」

ちゅっちゅっと唇を啄まれ、次第にキスが深くなってゆく。

アイザックはキスをしながらステラのスカートをたくし上げ、真っ白なお尻を両手で撫でた。時にむっちりとした尻たぶを摑み、捏ねる。

そうされているうちにステラのお腹の奥に熱が宿り、蜜が溢れて彼の肉棒を濡らしていく。

「まったく……。こんなに濡らして……」

アイザックの愛撫を得ずともステラのそこは潤沢な蜜で潤い、彼を欲していた。

「どうぞ、お抱きになって」

これ以上なく赤面しながらも、ステラは懸命に微笑んでみせた。

「――っ、まったく、君はどこまでいじらしいんだ……」

アイザックはジャケットを脱ぎ、シャツのカフスボタンを外すと腕捲りをした。

そしてステラを抱き直し、脚を広げる。自然とアイザックの腰を跨いでいるステラの脚も広がり、秘部が丸出しになった。

そこをアイザックは後ろから指を挿し入れ、ステラの花弁に触れてくる。

「んっ……ぁ」

ピクッと震えたステラは、困った顔でアイザックを見下ろす。

「夜にこんないやらしい〝勤め〟をしてくれるメイドなら、自分で胸をはだけてみなさい」

アイザックに淫靡な命令をされ、ステラは恍惚とした悦びを得た。

「は……ぃ」

アイザックの秀麗な顔を目の前に、緊張して手を震わせながらもステラは自身のシャツのボタンを外してゆく。

「あっ……ん、んぅっ、……ん」

その間、アイザックの指はステラの蜜口に侵入し、すでにたっぷりと潤った蜜壺をチュプチュプとかき混ぜてきた。

アイザックの目の前にぶるんっと大ぶりな双つの果実が零れ、彼は改めてその大きさに目を瞠る。ランジェリーの紐からはみ出ていたステラの乳房は見ていたはずだが、コルセットに押し上げられてシャツの間から窮屈そうにまろび出た乳房も、また違う迫力がある。

「相変わらず美しい体をしている」

アイザックはしっとりと吸いつくような白い乳房に舌を這わせ、つぅっとなぞってくる。

「あんっ、……あ……」

それだけでステラは乳首を勃起させ、物ほしげな目つきでアイザックの髪を撫で回す。

「んっ……ん、……ぁ、あぁ……っ」

ランプの明かりが室内の影を揺らす、静まり返った執務室で、ピチャピチャという水音とステラの押し殺した声が響く。

窓の外では少し強めの風が吹き、庭木を揺らす音が耳を打つ。

アイザックは口に含んだ乳首を吸い立てて尖らせ、唇を離す時に舌で舐め上げて先端を揺らす。何度も同じことを繰り返され、ステラのそこは根元からぷっくりと膨れ上がっていた。

ゴクッと喉を鳴らして唾液を嚥下したステラは、顔を仰(あお)のけてアイザックの頭を抱き、白い喉を震わせた。

蜜壺には彼の太くて長い指が入り込み、蜜をかき出すような動きでぬぷっぬぷっと前後している。

「つあぁ、あ……っ、も、もう……」

しとどに愛蜜を垂らしたステラは、今すぐアイザックをほしいと思っていた。

はしたないと自覚しつつもねだると、彼が甘やかに笑う。

「仕方のない女性(ひと)だな」

苦笑してアイザックはステラにちゅっとキスをすると、屹立の角度を定め、ステラの腰を下ろさせた。

「んっ……、あ、あ……っ」

硬く張り詰めた肉棒がズブズブとステラの体内に侵入し、彼女は呼吸を止めて歓喜に打ち震える。

「ステラ、まだ狭い。息をゆっくり吐き出して」

「ぁ……、は、い……」

言われて細く息を吐き出してゆくと、アイザックがぐぅっと腰を突き上げてさらに深い場所まで肉棒が押し込まれる。

「ん……っ、ぅ、あ……、あ」

最奥に硬い亀頭を迎え入れたステラは、涙を纏った目でアイザックを見つめ、自ら唇を重ねた。

「ふ……っ、ん、……ン……ぅ」

ソロリとアイザックの唇を舐めると、彼はすぐに応(こた)えてくれ、力強い舌を絡められる。

深い場所までずっぷりと繋がり合ったまま、二人はしばらくのあいだ淫らな口づけを交わしていた。

キスをしている間も、アイザックはときおり腰を小さく突き上げ、ステラを刺激してくる。

「んぅっ」

それにいちいちピクンッと反応しながら、ステラはアイザックの体臭を吸い込みつつ、深い官能に酩酊してゆく。

しばらくして唇を離したあと、ステラはトロンとした目をしていた。

「そんな顔をするんじゃない。貪り尽くしたくなる」

「どうぞ……。全部、お召し上がりください」

力の入らない蕩けきった顔で微笑んだステラを、アイザックは堪らないと言わんばかりに両手で抱き締め、下からずんっと突き上げてきた。

「っあぁっ！」

アイザックは顔を傾けて再びステラに口づけ、舌を絡めて強く吸いながら、彼女の柔らかな尻たぶに十指を食い込ませ、激しく蹂躙する。

「んっ！　んぅーっ！　ん、んむ、んぅ、うーっ」

すぐに目の前でチカチカと小さな火花が舞い、ステラは一気に絶頂近くに追いやられる。

大きな乳房は突き上げられるたびに上下にまろまろと揺れ、アイザックのベストに先端が擦れてより凝り立つ。

やがて座ったままだと激しく動けないと思ったのか、アイザックはステラを貫いたまま立ち上がった。

「あんっ！　ぁ、あぁあ……っ！」

硬い亀頭で最奥を突かれ、自重も加わって脳髄にジィン……と悦楽が染み入る。

（怖い……っ）

落ちてしまうのではと恐れたステラは、今まで以上にアイザックにしがみつき、ギュッと膣を引き絞った。

そんなステラをデスクの上に座らせ、アイザックは彼女の脚を抱え上げて激しく腰を使ってくる。

「うんっ、あ！　あぁっ、あーっ、んぅ、んーっ、あぁあ、あぁ……っ」

ぶちゅっぐちゅっと激しい水音が室内に響き、精緻な模様の描かれた絨毯に愛蜜が滴ってゆく。

ステラは後ろに両手をついて体を支え、アイザックに突き上げられるがままに胸をブルッブルッと揺らしている。

「君は清廉なのに、とてもいやらしくて魅惑的だ……っ」

アイザックは左目でステラを見つめたまま、獣性を思わせる獰猛さでステラに肉棒を突き刺し、視線でも彼女を犯している。

「あんっ、あ、あぁあーっ、んぁああぁ……っ！」

「ステラ、頑張って脚を上げられるか？」

「んぁ、あ、は……っ、い……」

アイザックに言われ、ステラは彼の手が離れたあとも自分の力で脚を上げ、彼が腰を動かしやすい体勢を取る。

するとアイザックは片手でステラの乳房を揉み、もう片方の手の親指で結合部の蜜を掬い取ったかと思うと、ヌルヌルと肉芽を摘まみいじめてきた。

「つきゃぁあぁ……っ！　ぅ、あ、……っあ……っ！」

一度目の絶頂がステラを襲い、彼女はつま先を丸めて激しく身震いする。

結合部からどぷっと濃い蜜が溢れ、アイザックが腰を叩きつけた時の淫音がより激しくなった。

辺りにはステラの蜜の甘酸っぱい匂いが立ちこめ、二人の香水の香りとランプの蠟燭(ろうそく)が燃える匂いに混じり、官能的な香りとなって鼻腔の奥に入り込む。

「ぁうっ、あ、……っあんっ、あ……っ」

絶頂のあとの波に揉まれ、ステラは正体不明になりながら甘ったるい声を漏らす。

アイザックは両手の指にステラの蜜をまぶし、今度は彼女の勃起した乳首をチュクチュクと擦り立ててきた。

「つひぁあぁっ！　あっ、んぁあっ、あーっ、むね、胸だめっ」

「駄目か？　なら、こっちのほうがいい？」

額に汗を浮かべたアイザックは、意地悪に微笑んでまたステラの淫芽を指でちゅこちゅこしごき、新たな蜜を掬って塗り込める。

「ひぁあうっ！　あぁあーっ！　あぅ、あ、んンーっ！」

ビクンビクンッと激しく震え、体を前後に揺さぶって二度目の大きな波を迎えたステラは、膣でこれ以上ないほどアイザックの肉棒を締め上げ、体を激しく震わせて随喜にまみれる。

「つく、……ぁ……」

その締めつけにはアイザックも限界を感じたのか、ジュボッと張り詰めた雄茎を引き抜くと、余裕のない顔で手でしごき始めた。

(あ……、アイザック様……)

自分だけ気持ちよくしてもらったと罪悪感を覚えたステラは、脱力しそうな体を叱咤し、デスクから下りた。

そして彼の目の前に跪き、ヒクヒクしている鈴口に舌を這わせ、「んむっ……」とくぐもった声を上げて先端を口内に呑み込んだ。

「ス、テラ……っ！　あ、……――く、ぁっ」

口内に含んだ亀頭を舌でチロチロと舐め回すと、アイザックは観念した声を出しステラの頭を手で支えた。

「すまない……っ、ステラ、すまな――――っ」

そのまま謝りながらステラの口に屹立を突き立て、喉の奥まで彼女を犯す。

「んぐっ、ん！　んぅーっ、ん、んぅ……っ」

アイザックに口内を犯され、ステラはせめて歯が当たらないようにと唇をすぼめ、口の奥を大きく広げる。

すぐにアイザックの肉茎が大きく膨れたかと思うと、ステラの口内にビュルビュルッと白濁がまき散らされた。

「んーっ……」

（これが……、男性が絶頂した証……）

自分の体でアイザックが満足してくれていると思うと、ステラは嬉しくて堪らない。

口の中でアイザックの屹立が一つの生き物のようにビクビクと震えたあと、大人しくなる。

その頃にはステラの舌の上にたっぷりと子種が載っていた。

「すまない……ステラ。これに吐き出してくれ」

アイザックは首に巻いていたクラヴァットを差し出すが、ステラは少し考えたあと、思いきって口の中のものを飲み込んでしまう。

ごくんっと喉音がしたからか、アイザックは目を丸くして膝をつく。

「ステラ！　吐き出しなさい！」

「んん」

困りきった顔をしたアイザックを前に、ステラは彼の子種を唾液に交えてすべて飲み下してしまう。

はぁ……と息をついてから、上気した顔で彼に訴えた。

「だって、アイザック様も私に同じことをされたでしょう？　私も同じようにしなければ、変だと思うのです」

「……まったく君って人は……」

汗で濡れた前髪をかき上げ、アイザックが苦笑する。

「……呆れましたか？」

立ち上がり胸元を隠して不安げに尋ねるステラを、彼は優しく微笑んで抱き締めてきた。

「……そういうところが好きだと言っている」

——好きだ。

アイザックから初めて明確な言葉をもらえ、ステラの心臓が大きく跳ね上がった。

彼はステラを抱き締め、また椅子に座る。

そして自分の子種を飲んだ口だというのに、構わず深いキスをしてきた。

(どうしよう……。好きって言っていただけた……。期待……していいの？)

自分の胸元のシャツをギュッと握り、ステラは幸せな心地のまま彼に応えて舌を蠢かせる。

いつか〝終わり〟が来るのはわかっている。

それでもアイザックから好意を寄せられるたび、嬉しくて堪らない。

(本物のステラさんが来たら、どうなるのかしら。……愛人でもいい、なんて……、彼女は怒ってしまうわね)

胸の奥にほろ苦い思いを抱きながら、ステラはアイザックを抱き締め、いつまでも彼の舌を味わっていた。

＊＊

このままアイザックと幸せな生活を送りたいというのがステラの本音だ。

(でもこのままではいけないわ)

周りの人たちは皆優しい。アイザックも求めればなんでも応えてくれる。

けれどステラの胸の奥に、いつまでも〝本物のステラ〟が引っかかり、気持ちが晴れない。

(自分がどこの誰なのかということをきちんと調べて、まず家族に連絡を取ってみることを考えなくては)

リーガン邸の庭にある背の高い木の陰でルビーとお茶をしながら、ステラは決意する。

今の自分は幸せだ。

けれどやはり、どんな現実が待っているとしても記憶を取り戻し、その上ですべてを考えなければいけない。アイザックが責任を感じているからと言って、いつまでも彼におんぶに抱っこというわけにもいかない。

それを、アイザックに話すことにした。

「……なるほど、記憶が戻るのを待っていないで、自分から何か行動してみたいと」

夕食後にアイザックに切り出してみると、彼は特に反対する様子もなく、一度頷いてから何か考えるそぶりを見せる。

「そのために私ができる何かはあるでしょうか？」

紅茶を飲みつつ尋ねると、彼は外していた視線をまたステラに戻し、口を開く。

「あまり気は進まないが、カリガのほうに行ってみるか？　あの辺りの風景はこちらとも少し違うし、港街ということで潮風に当たるとまた何か違うものを思い出すかもしれない」

「ぜひ連れていっていただきたいです」

迷わず頷くと、アイザックは「わかった」と承諾してくれた。

「以前も言ったように、君を狙っていた者がいた。だから万が一のことを考えて、護衛のための軍を少し動かす。準備が整うまで君は旅支度をしておいてくれ。あちらには私の別邸があるから、持っていくのは少しの着替えと靴、身の回りの物で大丈夫だ」

「わかりました。どうぞよろしくお願いします」

その後、一週間ほどしてステラはアイザックやルビー、護衛の軍人たちと一緒にエイシャルを発った。

同行するアイザックの部下の中には、カルヴァート侯爵リドリアという赤毛の青年もいる。どうやら彼は貴族としてアイザックの補佐役をしているらしく、今回の旅行に同行するようだ。

「道中よろしくお願いします」

「ええ。不便なことも多いかと思いますが、よい旅路になるよう我々も努力いたします」

そう言って微笑したリドリアは、とても印象のいい人だ。

馬車ではアイザックと一緒なので、二人きりの時間が増えるし、会話もできる。途中で寄る宿場町では、以前のように怯えて過ごすこともなく、アイザックと一緒に宿のお勧め料理を食べたり、町を歩き回る余裕もある。

道のりは以前にカリガからエイシャルまで来た道を戻っていくので、寄る宿場町も同じだ。

「不思議ですね。同じ道を辿って旅をしているのに、気持ちはまったく違うのです」

夕食に鶏肉とトマトとチーズの煮込みを食べ、ワインで少しほろ酔いになりつつステラが微笑む。

「以前にカリガからエイシャルに向かう時、私は『自分は名無しで人に買われた人間だ』と思って、この上なく惨めでした。道中、アイザック様は一度たりとも私を性的に触れることはなく、数日経つうちに『この方はよい方だ』と本能でわかりました。けれど捨てられて人間にいじめられた仔猫（こねこ）のように、素直にあなたの優しさに馴染むことができなかったと思います」

夕食は部屋に運んでもらったので、二人で向かい合って取っている。

部屋そのものは静かだが、階下の食堂から陽気な音楽や歌声が聞こえてきた。

公爵であるアイザックが泊まる宿なので、普通の旅人が使う宿ではない。けれど食堂には宿の主に招かれた楽師や吟遊詩人が入るので、客の要望で様々な音楽が流れる。

「あの時と比べて、気持ちは落ち着いたか？」

「はい。すべてアイザック様のお陰です」

「そこまで恩に着なくていい。私は人として当たり前のことをしただけだ。……最終的に君に手を出してしまっているから、逆に褒められた存在ではない」

言われてアイザックの熱を思い出し、ステラは頬を染めて視線を逸らす。

窓の外は少し風が強くて街路樹がざわめいている音がするが、雨は降っていないようだ。

それでもこの宿に入る前に見上げた空は、今にも降り出しそうだった気がする。

「エインズワースは雨の多い国なのですよね」

「ああ。降らない日はない……と考えたほうがいいかな。だが激しい雨ではなく、道を濡らす程度の雨だから、国民も雨に慣れてしまっている。わざわざ傘を差す必要がない場合も多いから、傘などの代わりに水に強い衣服の開発が進んでいる気がする」

「なるほど……」

アイザックからエインズワースという国の話を聞き、ステラは少し考える。

「どうした？」

「いえ。推測でしかないのですが、私はどうもエインズワースの人間ではないのでは……？と以前から思っていました」

「何か思い出したのか？」

アイザックは瞠目し、少し前のめりになる。

「いいえ。ですが、アイザック様やルビーから教えてもらうこの国の情報を、私は初めて知る知識だと感じているのです。今お話した雨のことや、この国ならではの、山がなくどこまでも丘陵が続く地形も、私の記憶にはない気がします。何を見ても聞いても、初めてだというう思いしかなく、既視感のようなものは感じられないのです」

「そう……か……」

言われてアイザックは納得したという顔をし、微笑んだ。

「君はやはり聡明だな」

「いいえ、とんでもありません。聡明なんて言葉はもっと……」

脳裏に思い描く本物のステラのことを考え、彼女は曖昧に微笑む。

「もっと？」

「いいえ、なんでもありません。はぁ、お腹一杯になりました。そろそろルビーに声をかけて、湯浴みの支度をしなくては」

「わかった。食器は宿の者に下げさせるから、君は自分の支度をするといい」

「ありがとうございます」

立ち上がったステラの手を、アイザックはテーブルの上で握り留める。

「え……」

「わかっていると思うが、寝る時は同じ部屋で。エイシャルとは違って、外では何が起こるかわからないから」

「……はい」

頬を染めて頷いたステラの手の甲にキスをし、アイザックはそっと手を離してくれた。

そのあと、ルビーと楽しく女同士の話をし、体を清めてからアイザックと一緒に就寝した。

以前と同じように同衾してドキドキしていたものの、彼は旅行中はステラに手を出すつもりはないらしい。

以前のようにステラの気持ちを考えて……ではなく、今は今で、ステラを貪って彼女の体に溺れ、不足の事態の時にすぐ動けなくては困る、という理由らしい。

ステラとしても屋敷のように三階に二人きりではなく、すぐ隣の部屋に誰かがいる状態であられもない声を出したくない。

なので彼の配慮はありがたかった。

＊＊

「…………」

目の前に広がる大海原を見て、ステラは打ちつける潮騒(しおさい)の音に混じって、体が溶けてなくなってしまうのでは……という感覚に陥っていた。

「大丈夫か？」

幾分顔を青ざめさせたステラの様子を見て、アイザックが肩を抱いてくれる。

「だい、……じょうぶ、……です」

彼が肩を抱いた手が強かったのか、ステラの足元がおぼつかなかったのか、そのタイミングでよろけてしまい、アイザックがしっかりと抱き留める。

「無理をするな。屋敷に戻るか？」

「いえ……。もう少し、何か思い出せそうなので、もう少し……」

一度カリガに着いた二人は、屋敷から馬車ですぐの距離にある港に行き、海を見ていた。

最初こそ停泊している大きな船に気を取られ、「凄いですね」とはしゃいでいたステラだが、人気のない場所まで来て海を見ているうちに、どんどん不安な心地になってきたのだ。

海というものは、絶えず動いて流動している。

波が押し寄せては引いて、沖のほうでは海水がうねり、見ているだけで途方もなく強い引力を感じる。

夏の青い海と、繰り返される潮騒を聞いていると、記憶の奥で何かが疼く気がした。

だがそれは「思い出したくない」「直視したくない」記憶の気がする。

それでも思い出さなくてはと顔色を悪くして海を見ていたが、アイザックが口を挟んできた。

「今日はこの辺りにしておこう。海を一回見ただけで思い出せるなら、苦労はしない」

「はい」

アイザックにいざなわれ、ステラは港を歩き、馬車に乗って屋敷まで戻った。

港街カリガは、丘陵にある街だ。丘の上にカリガを含むエインズワース南端の土地を治める領主の館があり、その近辺に貴族街がある。

なだらかな坂道を下るにつれ民家が現れ、一般商業区画を経て港という作りになっていた。

アイザックは身分差が一目でわかるその構造をあまり快く思っていないようだ。

だが貴族街と庶民街の間には門があり、きちんとした警備がなされている。よって防犯の面では優れているのだろう。

馬車に乗って貴族街にあるアイザックの屋敷まで行き、ようやく長旅の疲れを癒やすことができる。

エインズワースは島国で、船に乗れば海の向こうに大陸がある。

アイザックは仕事で大陸に行くこともあるので、そのために港街であるカリガに屋敷を構えているようだ。

貴族街に続く門は数か所あり、アイザックの屋敷がある場所は、領主の館に近い中央の『黄色の門』の奥にあった。

王都エイシャルにあるタウンハウスより若干こぢんまりとしているものの、屋敷は屋敷で広さも高さもあり、おまけに景観がいい。

ステラは宛てがわれた部屋のバルコニーに出て、美しく暮れゆく夕焼けを見ていた。

「ステラ様、もう少しでお夕食ですよ」

「ありがとう、ルビー」

屋敷の掃除はされているものの、ルビーたち使用人はあちこちの窓を開けて換気をしていた。ステラはバルコニーに出て、彼女たちの邪魔にならないようにしていた。

「寝台も整えましたし、事前に連絡をつけておいたので、毛布も干してもらえたみたいです。いい匂いがしますよ。ぐっすり眠って長旅の疲れを癒やしてくださいね」

「ありがとう。ルビーにも、このお屋敷の管理人にもお礼を言わなくては」

「とんでもありません。それが私たちのお仕事です」

部屋には少し摘まむ程度の菓子があったが、ステラは夕食まで我慢しようと思って手をつけていない。

ルビーがチラチラと菓子を見ていたので、「気になったなら食べていいわよ」と笑いかけると、彼女は照れくさそうに笑って礼を言い、ポリポリと食べながらステラの隣に来た。

「何か思い出せそうですか？」

「……そうね。潮騒を聞くとどこか落ち着かない気持ちになるの。カリガの近くで発見されたというし、船舶事故でもあったのかしら。ただ単に、もともとカリガにいたから潮騒を聞き慣れていたということも考えられるし」

可能性を口に出してみて、ステラはなんとなく船舶事故である可能性が高い気がした。

以前アイザックに言った通り、自分は島国エインズワースのことをほぼ知らない。土地も風習も、初めて目にしたり聞いたりすることが多い。なので自分はどこかよそから船に乗ってエインズワースに来て、流れ着いたのでは……という可能性も考えた。

裏オークションで司会が「人魚姫」と言っていたのも、その暗喩の気がする。

だがどれもこれも、想像の話でしかない。

始まりの土地に来たら何か思い出せるのでは……という淡い思いがあったが、カリガに来たからと言って劇的に何かを思い出すこともなかった。

「旦那様は少しここに留まるとおっしゃっていますし、気長に考えましょう。まずは美味しい物を食べてぐっすり寝て、英気を養うことが先決です」

「ふふ、そうね」

いつも元気をくれるルビーに笑いかけ、ステラは夕日の光を浴びてキラキラと輝く海をもう一度眺めた。空は金色、茜色（あかねいろ）、オレンジ、黄色……と見事なグラデーションで、これから夜が迫りくると、ラベンダー色を経て紺色に変化していく。

空はどこまでも広く、海も限りがない。

(私はどこから来たのかしら)

もう一度心の中で考えて、ステラはそっと息をついた。

無意識に胸元に手をやると、アイザックから贈られた三連の真珠のネックレスに指先が当たった。海に囲まれているエインズワースでは真珠が特産品で、それは美しい色の真珠が取れるらしい。

その真珠を見ていると何かを思い出しそうになるのだが、相変わらず記憶に関することについては頭がモヤモヤし、ハッキリしない。

　やがてステラは思い出そうとすることを諦めた。

（こうやって大切にしていただけるだけでも、光栄に思わないと）

　チャリ……と爪で真珠をなぞり、ステラはアイザックに想いを馳せて微笑した。


　カリガに着いたあと、体調が落ち着いてから貴族街で買い物をしたり、庶民街にある屋台を見るなど観光をし、港に行っては忙しく働く水夫たちを飽きもせず眺める。

　港街の喧噪もアイザックの屋敷まで坂を上ると届かなくなり、閑静な環境に守られて読書を楽しんだり、屋敷にあるピアノやヴァイオリンを奏でたりした。

　これも不思議なことで、自分は楽器を弾けるという記憶すらないのに、ピアノの前に座ると指が勝手に動き、有名な音楽家の曲を楽譜なしに弾いてしまったのだ。

　アイザックはステラの音楽をいたく気に入っていて、時間が合うと彼女の音色を所望するようになっていた。

　それがまた、ステラにとっては自分がアイザックの側にいていい理由に思え、時間があると楽器に触れるようにしていた。


　カリガに着いて数日経った夜、自分の寝室で眠っていたステラは階下から不審な物音を聞いて目を覚ました。

(何かしら……？)

起き上がったステラの胸元で、真珠の首飾りがチャラッと音を立てる。

耳にした物音は、使用人たちが働いているにしては、音に気を遣っている様子がない。

目を開けるとまだ真夜中らしく、室内はランプの明かりが揺れている他、何も明るさはない。

履き物に足を入れ、カーテンの隙間から外を見てみても、遠くに星空と黒い海が見えるだけだ。庶民街の明かりも所々ついている程度で、あとは街の街灯があるのみ。

「…………」

いま自分が取っている行動に、ステラは既視感を覚える。

それも「こんなことがあった」と懐かしく思う類いのものではなく、悪寒がするほど〝よくない〟体験をした覚えがある……という感覚だ。

だが考えてもまた思い出せないだろうし、現状何が起こっているのか把握しようと思った。

(夜の何時頃かしら？)

置き時計を確認しようとしたが、階下からガシャーン！　とガラスが割れる音が聞こえ、ステラは固まった。

(これは使用人が立てる音じゃないわ。侵入者？　アイザック様はご無事なの？)

寝ぼけていた頭が一気に覚醒し、ステラはネグリジェの上にガウンを羽織ると、動きやすいようにブーツに足を入れてきちんと紐を結ぶ。

部屋から出ようか出まいか迷っていた時、ドタドタドタッと階段を駆け上がる足音がしたかと思うと、くぐもった呻き声も聞こえ、ドスンッと重たい物が床に叩きつけられる音も聞こえる。

(ただの物盗り(ものと)ではない？　……戦っている？)

部屋の中で棒立ちになったまま、ステラは耳を澄まして外の状況を把握しようとした。

——と、その時ドアが荒々しくノックされたかと思うと、「失礼」とリドリアが姿を現した。

「リドリア様。何が起こっているのですか？」

「よかった。起きていましたね。少々厄介なことになりまして、閣下のご命令でお迎えに参りました」

「アイザック様は？」

「閣下で現場の指揮を執られています。危険を承知で、ステラ様には自分の側に来てほしいと。もし閣下に向かわれるのが不安でしたら、私がここでお守りいたします」

リドリアは青い瞳でまっすぐにステラを見据え、腰のベルトから下がった剣に手を当てる。

「アイザック様はご無事なのですか？」

「ええ、ご心配なく。あの方は公爵閣下ですが、その前に凄腕の軍人です」

「ですがあの方は隻眼で、右側が見えないでしょう。戦いにおいて不利なのでは……！」

蒼白になったステラに、リドリアは安心させるように微笑んでみせた。

「あの方が右目を失ったのは、もうかなり前の話です。今でも古傷が疼く時はあるようです。ですがその分訓練を重ね、常人以上に人の気配に鋭敏になりました。片目を失う以前よりも現在のほうがお強いはずです」

そう話すリドリアは心底アイザックを信頼し、尊敬している顔だ。

だがステラはこの状況下において、片目が見えないというハンデを負ったアイザックが心配でならなかった。

「今すぐアイザック様のところに連れていってください」

「わかりました。私が先を行きますから、ステラ様は離れずについてきてください」

「はい」

リドリアが先に部屋を出て剣を抜き、ステラは煩く鳴る胸を押さえて彼のあとに続いた。

「あの、メイドのルビーはどうしているかわかりますか？」

「使用人たちの部屋は地下です。下手に出られても足手まといになりますから、地下の入り口を封鎖して出てこないよう命じてあります。屋敷の見張りだけでは数で制圧できませんから、いま貴族街の宿にいる残りの護衛を呼びに行かせています」

「状況は把握しました」

廊下を進んで玄関ホールまで出て一階を見下ろすと、寝ていなかったのか軍服を着込んだアイザックが剣を片手に戦っていた。

相手は黒ずくめの男たちで、パッと見ただけでも二、三十人はいる気がする。

「私が行っても邪魔になりませんか？」

「閣下は大事なものは手元に置く方です。手の届かない場所にステラ様がいて、守れないことを悔やみたくないとおっしゃっていました」

「わかりました」

彼がそこまで言うのなら、望むようにアイザックの側に行ったほうがいいのだろう。

「ここから先、血腥（ちなまぐさ）いことになります。ご婦人には刺激が強いでしょう。どうか直視されませんよう」

「いいえ。アイザック様が身を置かれている軍部は、危険と隣り合わせなのでしょう？　これぐらい慣れておかなくては――」

――アイザック様のお側にいられません。

そう言おうとして、ステラは「えっ？」と思った。

口にしようとしたのはとても自然な考えで、ステラにとってそう思うのは当たり前だった。けれど心に沸き起こった思いは、まるで彼の伴侶になるような心構えだ。あまりに図々（ずうずう）しい気持ちにステラは当惑し、今が戦いの場だということも忘れて考え込もうとした。

だが——。

ギィンッとすぐ近くで刃と刃が交わる音がした。ハッとして前方を見ると、リドリアが刺客の一人と剣を交えている。

力は拮抗しているらしく、しばらく両者は剣を交えたまま睨み合っていた。しかしリドリアは一瞬体の力を抜いて重心をずらし、相手がバランスを崩したところを、返す刀で腹部を貫いた。

そしていつのまに装備していたのか、腰の裏にあった短剣を引き抜き、相手の喉笛を切り裂く。

「！」

夜間でも玄関ホールのシャンデリアには火が灯り、現場は明るい。

ステラの目の前で鮮血がバッと飛び、壁に染みをつける。

リドリアは何事もなかったかのように、絶命した相手の体を足で押さえ、剣を引き抜くと軽く振り、剣についた血を飛ばした。

「行きますよ」

青い瞳に冷え冷えとした光を宿し、彼はステラが無事なのを確認して、慎重に階段を下りていった。

三階から二階の階段は左右側から向かい合うようにあり、二階から一階へは大きな曲線を描くように続いている。

二階の踊り場まで階段を下りると、玄関ホールで部下に指揮を出していたアイザックがチラッとこちらを見たのを確認した。

だが玄関ホールでは激しい戦闘が続いていて、十五人ほどの軍人に対して、少し数を減らしたとはいえ、倍ほどの刺客が襲いかかっている。

「リドリア！　早くしろ！」

アイザックの声が玄関ホールに響き、名前を呼ばれたリドリアは「失礼」とステラを抱き上げた。

「きゃっ」

「そのまま摑まっていてください」

そう告げて彼はステラを抱いたまま、階段の手すりに腰掛けた。

何をするのかと思いきや、「ショートカットします」と言って素晴らしいバランス能力で手すりに座ったまま、滑り下りたのだ。

信じられないスピードで高い場所から下り、ステラは恐怖で固まったままリドリアにしがみつく。

あっという間に一階まで辿り着くと、階段の始まりまでステラを迎えに来たアイザックが、すぐに背中に彼女を隠した。

「無事か、ステラ」

「は、はい！」

リドリアはステラをアイザックに送り届け、すぐに戦闘に参加する。

「恐らくだが、この者たちは君を狙っている」

「私……ですか？」

アイザックは壁を背にし、ステラは壁とアイザックの背中の間で守られている。

「以前にカリガからエイシャルまで移動する間、私と君をつけていた者がいたということは話したな？」

「はい」

いつ襲われるかわからないので、ステラはアイザックと宿で同衾していた。それを思い出し、ステラは頷く。

「最初は裏オークションを主催していた残党が、商品である君を追っていたのかと思った。だが部下に調べさせていくうちに、どうやら黒幕はもっと別にいるとわかった」

「黒幕？」

話している間もアイザックは剣で刺客の相手をし、リドリアと同じように片手で短剣を扱う戦い方で相手を屠（ほふ）っていた。

刺客たちはあからさまにアイザックの右手から襲いかかっているのだが、彼は両目がきちんと見えているかのように、なんの問題もなく相手をしている。

そして先ほど見たリドリアと明らかに違うと感じたのは、アイザックは一撃目で相手と切り結ばないのだ。

相手の攻撃を一撃目ですぐいなし、一瞬できた隙を逃さず短剣で襲う。短剣は迷いもなく相手の喉笛を狙い、ほぼ即死で倒すという、実にシンプルかつ恐ろしい戦い方だ。

アイザックの体の向こうで人がバタバタと死んでいる現実を、ステラは震えながらも受け入れていた。

初めて彼を見た時、眼帯で片目を覆っている顔に畏怖を覚えてしまった。

やがて彼の目が戦闘により失われたことを知り、彼が公爵という地位にいながらも、その手に剣を取って戦う人なのだと思い知った。

無駄のない話し方をするし、普段の生活でも彼が物音を立てて騒がしくする姿など想像できない。

常に自分の隣には危険があると自覚している人なのだと、穏やかな生活の中でも理解するようになっていった。

(だから私も……、目を逸らさない！)

怖いから本当はアイザックに縋(すが)りつきたい。

だがそれでは彼の足を引っ張り、邪魔になる。

（アイザック様のお側にいるには、危険な目に遭って悲鳴を上げ、逃げ惑うような女では駄目なのだわ）

足を震わせ、刺客たちの悲鳴を耳にしながらも、ステラは自分を守るアイザックの背中を見つめ、何かあったらすぐに対応できるよう覚悟を決めていた。

アイザックはステラの前からほぼ動かないのに、圧倒的な強さを見せている。

リドリアや彼の部下たちが取り零した者の相手をしているのだが、剣を振るい相手を蹴り、殴るという最小限の動きでステラを守っている。

本来なら攻撃を躱すのに大きく動いたり、しゃがみ、上体を捻るなどの動作があってもおかしくないのに、アイザックはステラに敵の姿を見せることすらしない。

だからこそ、ステラもアイザックが今どういう表情をしているのかすら、わからないでいた。

（お怪我をしていなければいいけれど……）

ぐっと瞳の奥に強い光を宿し恐怖に耐えていると、思いも寄らない方向からここにいるはずのない人物の声が聞こえた。

「旦那様！　加勢いたします！」

男性ばかりの場所に少女の声がしたかと思うと、ステラの視界にフワリと翻る白っぽい布が映った。

（え……）

それがなんなのか目を丸くして凝視している間に、地下に続く廊下から飛び出た小さな白い影は、両手に構えた武器で刺客の両太腿を切り裂いた。

「ぎゃっ！」

刺客がバランスを崩したあと、「そちらに回します！」と少女の声がし、アイザックはこちらに向かってよろけた男の喉笛を切り裂く。

恐る恐るアイザックの陰から顔だけ覗かせると、ネグリジェ姿のまま両手に鋭利なナイフを持って、踊るように敵を切りつけているルビーを目視した。

「ル、ルビー!?」

声を上げたステラを、アイザックはグイッと手で自分の後ろに押し返し、ルビーはステラの声に構わず、新たに襲いかかってきた敵の攻撃を躱して両手のナイフで切りつけた。

「ステラ、説明はあとだ。もう少しで応援が来る」

「は、はい！」

倍近くはいたと思われた敵は同数近くまで減らされたが、いまだ玄関ホールでは剣戟の音や男たちの咆吼、うなり声が聞こえている。

ステラは壁に貼りついて気配を殺し続けていた。

刺客たちはステラが狙いというだけあり、屋敷の階上へ行って物を盗る様子は見せない。

——と思っていたのだが。

（え……っ？）

上方に気配を感じて顔を上げると、刺客の一人が剣を構えて二階の手すりを乗り越え、飛び下りようとしているところだ。

「アイザック様！」

自分の危険よりもアイザックを心配したステラは、恐怖をかなぐり捨てて彼の背中から飛び出し、花台に置いてあった花瓶を鷲掴み（わしづかみ）にした。

「ステラ!?」

驚いたアイザックがこちらを見たのと、二階から刺客が剣を突き立てようと飛び下りたのが同時だった。

「アイザック様！　二歩前へ！」

とっさに叫んだステラの言うことを彼は素直に聞き、今までいた場所から距離を取る。

「えいっ！」

同時にステラは持っていた花瓶で、飛び下りてきた刺客を殴りつけた。

「ステラ様、ナイス！」

遠くでルビーの声が聞こえたが、それどころではない。

一瞬、刺客の剣の切っ先がステラを掠め、真珠の首飾りがブチッとちぎれる。白くまろや

かな粒が空中に弾け、パラパラと床に零れていった。

――真珠……？

その瞬間、脳裏に閃いたのはとても大切な何かだった。

自分は〝それ〟を守らなければいけないのに――。

ステラが固まっていたのは一瞬のことだったが、鍛え上げられた刺客はすぐに起き上がり、

「このアマ！」と剣を振り被ろうとする。

だがそれよりも前に、アイザックがドンッと長い脚で男を蹴って壁に押しつけ、胴に剣の切っ先をめり込ませた。

その時、開け放たれたままの玄関ドアから、怒声を上げて貴族街の宿にいた応援部隊が駆けつける。

（よかった……）

待機している部隊は三十人ほどだと聞いていたので、これで数負けすることもないだろう。

アイザックを見ると、彼は自分から離れたステラにすぐ近づき、また壁を背にして守ってくれる。

「勇気があるな」

「い、いえ……。出すぎた真似をしました」

「いや、助かった」

そう言いながら、アイザックは二階の隅で弓を構えている刺客を見つけ、腰のベルトからナイフを引き抜くと、狙いを定める間もなく投げつけた。

「！」

十数メートルは離れているというのに、アイザックの投げたナイフは刺客の額に命中し、男は弓を握ったまま玄関ホールに落下していく。

（凄い……）

「もうしばらく、じっとしていなさい」

「はい」

ステラが泣くほど動揺せずに済んだのは、アイザックが終始落ち着いていたからだと思う。彼が声を上げて感情を高ぶらせた面を見せたのなら、ステラはもっと動揺していた気がする。

そのうちルビーも側に来て、「よく頑張りましたね」とステラを抱き締めてくれる。

「ルビーは……その、どうしたの……？」

彼女はリングと刃物が合体したような武器を持っていた。

恐らく柄の部分を握ってナイフとしても扱える上、リング部分を指に引っかけて別の使い方もできるのだろう。

ステラも長剣や短剣、ナイフ、キッチンで使う刃物ぐらいは知っているが、これほど特別な形状をした武器を見たことがなかった。

「私、本当はメイドというより軍人なんです。ステラ様の身の回りのお世話をすると同時に、護衛のお役目もこなしています」

「そ、そうだったの？」

ルビーはどちらかというと小柄で、ステラと背丈も大差ない。引き締まった体つきをしているとは思っていたが、いつもメイド服なので筋肉があるなどとはわからなかった。

思えば屋敷にいる他のメイドたちと少し様子が違っていた。時間があると他のメイドたちとつるむより、ステラと共に過ごすことが多く、思えばアイザックが帰宅するまでルビーが常にステラの側にいた気がする。

「あのお屋敷では、軍人上がりの者や、理由（わけ）あって途中退役した者が使用人として働いています。家令や執事、従者や庭師なんかももともと軍部の者ですね」

「……そうなの……？」

ルビーが名前を挙げた者たちは、言われてみればしっかりした体つきをしていた気がする。いつも柔和な笑顔でステラに挨拶をしてくれたが、まさか彼らが戦闘使用人だとは思わなかった。

「旦那様、隻眼ですが本当にお強いでしょう？」

ルビーがステラの耳元でコソッと囁き、アイザックのことを話してくる。

「ええ、驚いたわ。さすが元帥閣下ね」

「ああ見えて残された左目が凄いんです。先ほどもナイフを投げましたが、ああいうことをさせると、軍部で旦那様に敵う者はいないかもしれません。丁度片目なのがいいのか、狙いを定めると外さないんですよね。ついたあだ名が鷹の目(ホークアイ)。名前を繋げてホークアイザッ……」

「ルビー」

前方を向いたままアイザックが彼女の名前を呼び、ルビーはペロッと舌を出す。

「加えて、敵対した勢力なんかからは、〝死神元帥〟とも呼ばれています」

最後の最後にコソッとステラの耳に囁き、ルビーは笑いながら一歩離れる。

(きっと尊敬するアイザック様を、私に自慢したいのかしら。お強くて部下にも慕われていて、本当にアイザック様は存在の大きな方なのだわ)

「リドリア様も軍部の方なのですか?」

「あの方は軍人ではありませんが、旦那様の手足ですね。元からなんでもできるタイプなので、旦那様が思う存分使って、あの方も様々な分野で力を伸ばしている感じです。将来は国の重要なポストに収まるのではないでしょうか」

その後にルビーが「好きな女性が遠方にいるようですが、多忙でそれどころではないようです。お気の毒に」と呟き、それぞれ色々な事情があるのだと理解した。

会話をしている間にも軍人たちはリドリアの指揮のもと刺客たちを倒し、捕縛できる者には縄をかけている。

やがて部下たちが「敵の姿はもうありません」と報告してから、ようやくアイザックはステラを振り向いた。

いつものように頭をポンと撫でかけ、彼はふと手を止める。

(え?)

ステラも張り詰めていた糸が切れかけていて、彼が頭を撫でてくれたのなら、そのままアイザックの胸に飛び込みたかった。

だが彼が躊躇(ちゅうちょ)したので、ステラもアイザックに抱きつきそうになったのを堪える。

「……いや。………そうだな。……眠たくないか?」

彼は少しのあいだ沈黙したあと、小さく頷いてから斜め上の質問をしてきた。

「えっ? ね、眠たく……?」

こんな状況になり、眠気などとうに吹っ飛んでいる。

戦闘が終わって確かに緊張の糸が切れ疲れきっているが、「危険はなくなったので、さあ改めて眠りましょう」という気持ちにはなれない。

むしろ、アイザックに抱き締められ、「大丈夫だ」と励ましてほしかった。

戸惑うステラの後ろで、ルビーが「ああああ……もおおお……」と心底呆れた声を出す。

「旦那様。血まみれになった自分のお体が気になるなら、とっとと湯浴みをされてお着替えをすればよろしいでしょう。お湯なら私がすぐにご用意します。か弱いステラ様がこんな命のやり取りを前にして、戦闘が終わったからと言ってすぐ眠れると思っているんですか？ご自分と同じように神経が図太くできていると思ったら大間違いです」

ルビーはアイザックはと言えば、そんな彼女の態度はいつものことなのか、特に怒った様子もなく注意もしない。

「……そう、だな」

頷いたアイザックは、黒い革手袋を脱いでステラの肩を抱く。

「ステラ、嫌な夜だった。夏の暑さもあるし君も汗をかいていないか？」

「え？　……ええ」

「では二人で湯浴みをしよう。そのあと少し話せたらと思っている」

「えっ？」

一緒に風呂に入ると言われ、ステラは思考を停止させた。

「ルビー、私たちは部屋で換気をして待っているから、風呂の用意を頼む」

「承知しました！」

晩夏の夜、玄関ホールにはまだムッと血臭が立ちこめている。それに具合を悪くしながらも、ステラは新鮮な空気を吸えるならそれが一番だと思い、誘導されるがままに三階に戻った。

アイザックの部屋に一緒に入り、彼は窓を開けてから「適当に座っていなさい」と言って軍服を脱ぎ始めた。

衣擦(きぬず)れの音を耳にしながらステラは彼に背を向け、放心する。

本物の戦いなど見たことがなかったので、今になって体がおかしくなったかのように震えてきた。

(落ち着いて。……落ち着くの)

自分で自分を抱き締め、ステラは歯を食いしばって声が漏れないよう努力する。

その時アイザックが振り向いたのか、背中を丸めて体を小さくしているステラを見て、背後から抱き締めてきた。

「大丈夫だ。もう危険はない」

「……っ、はい……」

体の前に回った腕は肌が見えていて、恐らく彼は上半身に何も着ていないのだろう。

先ほどと違って、服についた血がないからこうして触れてくれているのかと思うと、アイザックの心遣いをまた一つ知って胸の奥に愛しさが生まれる。

けれど体はいまだガタガタと震えている。しばらくアイザックは黙ってステラを抱き締めてくれていた。

「もう……、大丈夫、です」

ようやく震えが収まった頃、ステラは一つ気になっていたことを質問した。

「……あの、襲撃があった時、アイザック様はすでに軍服をお召しになって戦闘の指揮を執っていらっしゃいました。こうなる予想はあったのですか？」

「少し、な。君を追っていた者が裏オークション関係の者だとしても、もっと別の者だとしても、君が発見されたカリガ近くに行けば危険は増すことは予想していた。加えて、君を囮にしたようで申し訳ないが、港で姿を見せて海のほうを気にするそぶりを見せれば、犯人たちがなんらかの行動を起こすだろうとは思っていた」

「……海、は……やはり私に関係ありますか？」

いまだ記憶は戻っていないが、潮騒や波のうねりを見ると、どこか気持ちが落ち着かなくなる。

「いま記憶を思い出せても思い出せなくても、いずれ答えが向こうからやってくるだろう」

「どういう……ことですか？」

思わず振り向くと、アイザックの分厚い胸板を目の当たりにする。ステラは顔を赤くし、バッと前を向いた。

「君の肉親が近くエインズワースにやってくる」

「えっ!?」

だがそう言われ、さすがに受け流せずにステラはもう一度後ろを向く。

ランプの明かりに照らされたアイザックは、どこか皮肉な微笑みを浮かべている。

そして続き部屋の奥を覗き、「そろそろ湯の準備ができているようだから、風呂で話そう」とステラを手招きした。

「わ……私は大丈夫です」

アイザックに淫らに喘がされたというのに、ステラは彼に肌を晒し、一緒に風呂に入るのを非常に恥ずかしがった。

「前に一度風呂に入れているだろう」

「ですが……」

「君の恥ずかしい姿だって、秘められている場所もすべて見た。今さら風呂如(ごと)きで恥ずかしがるんじゃない」

そう言ってアイザックはステラのネグリジェを脱がせ、シュミーズとドロワーズも剝(は)いでしまう。

「も、もう……っ」

ステラは体を隠すようにバスタブに入り、しゃがみ込む。

続いて全裸になったアイザックもバスタブに入り、堂々とした態度で脚を伸ばしてきた。

「ステラ、顔を見せてくれないか？」

俯いて膝を抱えていたステラの頰に、アイザックが濡れた手を添える。

「………」

おずおずと顔を上げると、隻眼の凛々(りり)しい彼がジッとステラを見ていた。

一つだけの目とは、どうしてこうも力強く光っているように感じられるのだろうか。

ステラは力なく視線を逸らし、ずっと訊きたくて訊けないでいたことを尋ねる。

「アイザック様の目はどうされたのですか？」

「戦いの最中(さなか)に失ったと言ったと思ったが」

「どういう……戦いでした？」

彼の過去にもっと触れたいと思ったステラの気持ちを察したのか、アイザックは息をついてから棚にある海綿に手を伸ばし、それをブクブクと湯に沈める。

「大陸まで人に会いに行き、そこで争いに巻き込まれた。尋ねた先が貴人のいる場所だったので、人を守るのが軍人の役目と思い、戦って負傷した」

「ご立派ですね」

「いや。武人として傷を受けるのは弱い証拠だ。その時の私は今よりずっと未熟だった」

あくまで自分を厳しく律するアイザックを、ステラは「彼らしい」と思う。

「いつからそのように、強くあろうとされているのです？　こういう言い方をすると、今のアイザック様を否定するようですが、公爵閣下なのですもの。剣を取り戦わなくてもお仕事はできるのではないですか？　先ほど助けていただいて、このように言うのは本意ではありません。ただ、純粋に不思議に思ったのです。……人って、楽をしたがる生き物のように思えますから」

問いかけながら、こうやってアイザックの深部に関わる質問をするのは、初めてな気がすると思っていた。

今まで彼の表層的な情報やどんな人となりかを説明してもらい、一緒に暮らしていても、現在の彼を形成する過去などは話題になっていなかった。

けれど生死のかかった戦いを経たあと、互いの生を確認するかのように、二人の心は今までになく寄り添っている気がする。

「……守りたい人がいる。その人のために、強くなりたいと思っている」

アイザックの唇からスッとその言葉が出て、ステラはズキリと胸を痛ませ、深く納得する。

(本物のステラさんのためね)

「……その方のこと、どれだけ愛していらっしゃいますか？」

「それは……」

アイザックは微笑んで何か言いかけ、不意に真顔になるとまじまじとステラを見てくる。

「……何か？」

「君は……。……いや。……あぁ、そうか……」

彼は一人で納得し、悩ましいというように溜め息をつく。

そして苦笑し、濡れた手で前髪をかき上げると、この上もなく優しい笑顔を見せた。

「とても大切な人だ。私の命も、すべてをなげうってもいい。そう思える人だ」

「……そう、ですか」

上手に笑えているかどうかわからない。けれどステラは懸命に微笑んだ。

「早く記憶が戻るといいな」

アイザックは海綿でステラの肌を優しく擦り、ポツリと呟く。

言われて、先ほど彼がステラの肉親がエインズワースに来ると言ったのを思い出した。

「あの……。私の肉親とは？」

先ほどの質問の続きになり、アイザックは少しまじめな表情になる。

「正直を言えば、君の身元は最初からわかっていた」

「えっ？」

目を丸くするステラに微笑みかけ、アイザックはなおも海綿で彼女の肌を擦り、言葉を続ける。

「君が〝誰〟であるかわかった上で、私は君を側に置き大切に扱った。普通なら、ただ貴族の女性というだけで、こんな自分の近くに置くものか」

「わ、私は誰なのですか？　アイザック様とどういう関係ですか？」

焦る気持ちのあまり、ステラは腰を浮かして彼に詰め寄る。

大きな乳房を丸出しにしているのも構わず、両手でアイザックの肩を掴んで必死に彼の顔を覗き込んだ。

「まぁ、落ち着け。君がそう焦るのもわかる。……だが、思い出していないのに『君はこういう人で、私とこのような関係だった』と言われても混乱するだけだろう？」

アイザックに抱き寄せられ、宥めるように頬にキスをされる。

「そう……ですが……」

ステラの心の中で「思い出したい」という気持ちが荒れ狂い、「もしかしたら自分はアイザックととても近い仲なのでは？」という期待が溢れる。

本当は自分こそが彼の求めている〝ステラ〟ならいいのに、と何度も思った。

彼の書斎で手紙を見てから、自分でもペンを持って似たような文章を書いてみた。けれど自分の字と〝ステラ〟の字が、似ているかどうか自分では判別がつかなかった。

似ていると言えば似ている気がするし、まったく似ていない気もする。

ステラの字は整っていて、お手本のような字体だ。

だが貴族の令嬢たるもの、字が上手なのは当たり前かもしれない。一般的に手本とされる書体は決まっていて、全員がそれを真似て字の練習をすれば、似た字を書く者がいてもおかしくない。

だからと言って、他の誰かに手紙と自分の字を判別してもらうわけにもいかない。字一つにしても、ステラは自分が何者であるかを証明することができない。

それに対し、アイザックは口ぶりからして、ステラのことをほぼわかっている様子だ。

——自分は何者なのか、どこから来たのか。

——そしてアイザックとはどのような関係なのか。

考えると不安で胸が押し潰されそうで、泣き出したくなる。

アイザックやルビーという優しい人たちがいるとはいえ、ステラは見知らぬ土地にいて、自分に関する記憶を何も持っていない。挙げ句、知らない者たちに狙われ、先ほどは激しい戦闘を目の当たりにしたばかりだ。

記憶があってもなくても、普通、若い女性が命のやり取りの現場など見慣れているはずもない。

怖くて、どうしたらいいかわからなくて、——ステラは久しぶりに不安のあまり涙を零していた。

「……ステラ」

　ポロッと水晶のような涙を流すステラを見て、アイザックは心配そうに声をかけ、抱き締めてきた。

「すまない。まだ余計な情報を君の耳に入れるべきではなかった」

「……思い、出したいです」

「ああ。記憶がないのは不安だな」

「私の身内という方が現れても、思い出せなければ失礼な態度を取ってしまいそうです」

「あの方たちには、すべてこちらから事情を伝えてある。心配しても、君の態度に気を悪くするなど絶対にない」

「私は、以前にアイザック様とお会いしていましたか？」

　ぐずる子供を優しい言葉であやすように宥める彼を、ステラは涙ぐんだ目で見つめる。

　それまで一つ一つ丁寧に不安を取り除いていたアイザックは、最後の質問にだけは答えず、代わりに切なく笑ってキスをしてきた。

　柔らかな唇が触れ、小さく啄んで離れる。

「焦らなくていい。私はずっと君の側にいる」

　いつもなら凛（りん）とした強い光を湛（たた）えている瞳が、甘やかに煌（きら）めいた。

　けれどその優しさが、今のステラを苦しめる。

「〜〜〜っ」

（その優しさは、本来別の人に向けられるべきかもしれないのに……っ）

自分が〝本物のステラ〟の存在を疑っていると言えない彼女は、唇を歪めてポロポロと涙を零し続けた。

「……泣くんじゃない」

アイザックは腕に力を入れ、トントンとステラの背中を軽く叩きあやしてくる。

（アイザック様は私に好意を寄せてくださっている。私と彼はなんらかの関係があるかもしれない。……ここまで繋がりが見えかけているのに、どうして思い出せないの？）

せめて記憶をすべて思い出せたら、彼との中途半端な関係に悩まずに済むかもしれない。

今のステラにとっての脅威は、自分が何者であるかという疑問よりも、いつかアイザックに捨てられてしまうかもしれないという恐怖だ。

「温まって、緊張していた心も体も、ほぐされたのかもしれないな」

そうではないことをわかっているくせに、アイザックはそう言ってステラを宥める。

（……意地悪な人。いっそ嫌いになれたら楽なのに、それすらもさせてくれない）

やがてステラの涙が収まっても、アイザックは彼女を抱き締めたまま、ときおり額や目元にキスを落としていた。

風呂から上がり、例によってアイザックはステラの髪や体を拭いてくれた。

「今日は私の部屋で一緒に寝よう」

そのまま二人で彼の寝室に向かい、使われた痕跡のないベッドに潜り込む。

「……下の処理はどうなっているのですか？」

玄関ホールの惨状を思い出し、ステラは少し暗い声で尋ねる。

「部下に任せる。この国は近年戦争をしていないが、部下の中には同盟国として大陸の戦争に派遣された者も多くいるから慣れている。あれぐらいの処理なら、一晩でなんとかするさ。……君としては、この館にいるのは気分が悪いかもしれないが」

「いえ。アイザック様が一緒なら大丈夫です」

確かに人が死ぬ現場を初めて見たし、ムワッと立ちこめた血臭で気分が悪くなった。剣戟の硬質な音や、相手の命を奪う声、痛みに苦しむ声、そのようなものも初めて耳にした。

怖いことは怖かったのだが、正直まだ実感がない。

果たして自分は本当にあの場にいたのだろうか？　と。

リドリアに喉笛をかき切られた男も、アイザックが剣で貫いた男も、すべて自分の不安から生み出した夢だったのではないだろうか。

人はあまりに日常からかけ離れた事態に直面すると、認めたくないがゆえに嘘だと思い込もうとする本能がある。

（私自身、記憶がないなんて、それ自体が夢のような話なのに。……もしかしたら、本当の

私がどこかで夢を見ているのかもしれない）

そんなことを考えながらボーッとしていたからか、アイザックが心配そうな目で自分を見ていたのも気づけなかった。

「ステラ、本当に大丈夫か？」

「え、ええ。大丈夫です」

返事をして目を閉じたが、胸の奥がまだざわついていた。

アイザックの温もりを感じて安堵しているはずなのに、心の奥底が妖（あや）しく波立って堪らない。

眠ろうとして目を閉じても、ステラは何度も身じろぎをしては溜め息をついていた。

「……落ち着かないか？」

アイザックが手でステラの背中を撫で、尋ねてくる。

「……少し」

「……では少し、私につき合ってくれないか？」

「え……？」

つき合うと言われ、どこかに散歩でも行くのかと思った。

だがアイザックはムクリと起き上がり、ステラの体の両側に手をついた。

「……情けない話だが、戦闘のあとはいつも昂（たか）ぶってしまう」

言われてハッとし、思わず視線を向けたアイザックのトラウザーズの股間は、盛り上がっている。

バスルームでは意識して見ないようにしていたが、確かに彼の昂ぶりが腰に押しつけられていた。あの時は自分の裸身に興奮してくれていたのかと思ったが、そうではなかった。

(私でさえ落ち着かない気持ちになっているのに、人を殺してしまったアイザック様は、それ以上に感情を揺さぶられているのだわ。……落ち着いて現場を指揮しているように思えても、アイザック様だって心の芯まで冷静ではなかった……)

ステラは彼の現状を理解し、そして彼がいま何を望んでいるのかも察する。

「……わ、私でよければ……お慰めいたします……」

そう言っておずおずとネグリジェのボタンに手をかけたステラに、アイザックは「すまない」と告げて脱ぐのを手伝った。

すぐにステラは一糸纏わぬ姿にされ、アイザックは彼女に覆い被さり、首筋に鼻を埋めて香りを嗅いできた。

「……ん……」

アイザックの唇が触れただけで、ステラはピクッと身を震わせる。

耳元でハァ……ッとアイザックが息をつき、〝匂いを嗅いで満足した〟という様子が堪らなくて、ステラは悶えかける。

そして彼の手がステラの乳房に伸び、やわやわと五指で揉んできた。

「あ……」

彼の指先が柔肉に食い込むだけで、ジン……と体の奥に甘い疼きが宿る。

アイザックは掌でステラの乳房を押し上げて捏ね、指でギュッと摑んでは、指と指の間で乳首をコリッと挟んできた。

「ん……っ、んン……」

ステラは悩ましい声を上げ、両手で彼の背中を撫でる。

彼の唇が首筋から鎖骨、デコルテへと移動しては、ちゅうっときつく吸い上げ、赤い跡を残す。

白い肌に赤い花が咲くたび、ステラは自分が彼の所有物なのだという甘い幻想を味わう。

(もっと私を味わって。私のことだけを考えて。——そして、私にあなたのことだけを考えさせて)

何もかもが不安なステラは、アイザックに自身の肉体に溺れてほしいと願いながらも、自分も快楽の行為に耽溺(たんでき)し、すべてを忘れたいと思っていた。

胸の奥に滾(たぎ)る不安や焦燥感があるからか、ステラは自らアイザックの頭をかき抱き、彼の匂いを嗅いでは頭部に口づける。

舌を出し乳首を舐め上げたアイザックは、鋭敏にステラの反応に気づき、上目遣いに彼女を見てきた。

ステラの真意を測る目を見て、彼女は真っ赤になりながらもコクンと頷いてみせた。

——めちゃくちゃにしてください。

潤んだ目で頷いただけだが、ステラの意図はアイザックに伝わったようだ。

何も言わず視線を戻したアイザックは、凝り立った乳首に吸いつき、ちゅう、ちゅぱと吸い立てる。

もう片方の乳首も指で勃起させてから、乳輪を指先でなぞり、摘まむような動きで何度も刺激する。

「んっ、……あぁ、あ……っ、あん……っ」

優しく愛撫されるだけでも、ステラの蜜壺はすぐに潤んでしまう。

早く秘部に触れてほしくて腰を揺らすと、アイザックの片手がスルリと腹部を下りて白金の和毛に至った。

指の間であえかな茂みを弄ばれ、ステラは羞恥のあまり「いやぁ……」と小さな抵抗を見せる。

その反応を見てアイザックは低く喉の奥で笑ったあと、指を彼女の秘唇に滑らせた。

「んぅ……」

すでに濡れている場所は、数度指でまさぐられただけでクチュクチュと淫らな音を立て始める。

アイザックは秘唇に沿って何度か指を往復させたあと、ツプリと指先を蜜口に埋めてきた。

「ん、……んー……っ」

体内に異物が入る感覚は、まだ慣れていない。

唇を引き結んだステラは、アイザックの背中に指を立てる。それでもまだ爪を立ててはいけないと思える理性があるので、きゅう、と指先が彼の皮膚を滑るだけだ。

「もうこんなに濡らしているのか」

囁かれたアイザックの言葉だけで、ステラは彼の指を食い締める。

「や……っ、ぁ……」

恥ずかしい言葉をかけられ、ステラの胸の奥が切なく疼き、アイザックへの愛情が高まる。同時に彼女の蜜壺もふっくらと熟れ、愛蜜をとめどなく溢れさせてより強い刺激を求めていた。

「動かすぞ」

そう言ってアイザックは指を前後させ始め、すぐにクプックプッと蜜をかき出すような音がする。

「あんっ、……あ、……ぁ、あぁ……っ」

指の腹で膣壁をまさぐられ、舌で乳房を舐められた挙げ句乳首を吸われる。アイザックのお陰ですっかり敏感に感じるようになった乳首は、舌で弾かれるだけでもステラに深い淫悦を味わわせた。

もう片方の乳房も大きな手全体でねっとりと揉まれ、指と指の間で奏でるように刺激され乳首を勃起させられる。そのあと爪で乳首の窪(くぼ)んだ部分をカリカリと引っ掻かれてステラは身悶えた。

「つあぁああ、あーっ……だ、駄目……つぇ、あ、……ぁっ」

切なさが下腹部に集中し、ステラはアイザックに組み敷かれたまま体をくねらせる。

「いつからそんな、ほしがる目をして淫らに腰を揺らすようになったんだ」

アイザックの声はいつものように冷静な口調だが、言葉の奥にどうしようもない獰猛な熱がある。

「やぁん……っ、ア、アイザック様が……っ、私をこうしたくせに……っ」

いやらしい言葉をかけられてステラは恥じ入り、涙ぐんだ目で彼を睨んだ。

ステラに睨まれ、アイザックはゾクゾクとした愉悦を感じたようだった。自らの唇を舐め、さらにステラを言葉で責め立てる。

「ほら、君のココは柔らかく膨らんで私の指をキュウキュウ締めつけてくる。早く私のコレを含んで、突き上げられたいんだろう?」

そう言ったアイザックはステラの手を取り、寛げさせたトラウザーズの間からそそり立っている屹立に導いた。

「ぁ……っ」

もうすでに熱く昂ぶっているモノに触れ、ステラはビクッと手を引っ込めようとする。

「ステラ、私を求めているんだろう？」

けれど気持ちを問われ、恥ずかしいながらも「アイザックに奉仕したい」と思っていたのを思い出す。

かつては彼の肉棒を自ら求め、唇を這わせたことだってあった。

それを思えば、こうして手で触れるぐらいどうってことはない。

「ん……」

手で熱い剛直を軽く握ってしごくと、アイザックが気持ちよさそうな吐息を漏らす。

「いい子だ、ステラ」

満足げに頷いたアイザックは、彼女の胴を跨いで切っ先をステラの口元に宛てがった。そのまま手では彼女の蜜壷を暴き、クチュクチュと水音を立てて柔らかくほぐしていく。

ふとステラは彼の淫刀が胸の谷間に置かれているのに気づき、自身の両手で乳房を寄せ、ぱふんと包んでみた。

「ぁ……、気持ちいい、ステラ」

彼の反応に満足し、ステラは両手で乳房を揺らしてみる。互い違いに揺らして圧迫し、ギユウギュウと左右から押してみる。

加えて舌を伸ばして、チロチロと亀頭を舐め回した。

「あぁ……、ステラ、いい子だ。もっと気持ちよくしてあげよう」

「ん、ぁ、あんっ、……ぁ、……ぁーっ、あ……っ」

ぐぷっぐぷっとアイザックの指の動きが激しくなり、二本に増えた指が彼女の蜜壺をかき分ける。

挙げ句親指がぷっくりと膨らんだ肉芽を転がし、腰から脳天にビリビリッと強い淫激が襲う。

「つあぁあんっ！　ぁ、あぁあ……っ」

ステラの吐息がアイザックの亀頭にかかり、それだけで彼は堪らないという表情を浮かべ、左目にギラギラとした光を宿す。

アイザックは体重をかけていないので、ステラは苦しい思いをしていない。けれど彼が自分の体の上に乗っている視覚的情報から、まるで征服され、支配されている感覚に陥っている。

そしてそれはステラにとって恐ろしいことではなく、自分でも知らなかった被虐的な悦びに火をつけることとなった。

「んぅっ、ん、あぁああ、……っ、ぁー……、ぁ……っ、————む、ぅ」

膣壁の好いところばかりを擦られて、とうとうステラは大きな波を迎えてしまう。

ジィン……と痺れるような悦楽に身を任せて体を震わせ、少しでも自分の気持ちよさをアイザックに伝えたいと思い、はぷ、と亀頭を口に含んだ。

体の深部に刻まれる愉悦をアイザックに知らせようと、ステラは涙目で彼を見上げたまま、舌を動かしてネロネロと舐め回す。

「あぁ……、ステラ……」

「んぅ、んーっ、んむ……っ」

口に含んだ亀頭を愛しげに舐め、しょっぱい先走りも唾液に交えて嚥下する。

やがてアイザックが腰を引き、ステラの唇からちゅぽんと亀頭が抜けた。

「ステラ……、もういい……」

トロンとした目でステラはアイザックを見上げ、脱力したまま濡れた唇を舐める。

「あ……は……」

そんなステラをアイザックは情欲に駆られた目で見つめ、呼吸を整えながら彼女の体を反転させた。

「ん……、ぁ」

うつ伏せになったステラのお腹の下に、アイザックは枕元にいくつもあったクッションの一つを挟んだ。

そして真珠のような光沢のある真っ白な尻たぶを両手で摑み、オレンジを割るかのように左右に開く。

濡れた秘唇にアイザックの亀頭を押しつけられ、ステラは艶冶な溜め息をついた。ドクッドクッと自分の心音を聞きながら彼の侵入を待ち侘びていると、「ステラ、入れるぞ」と声がする。そしてぬぷぅ……っと彼の亀頭が蜜口を引き伸ばし、押し込まれてきた。

「あっ、……あぁあ、……あー……」

隘路を大きなモノが満たしながら、奥を目指して進んでくる。

(アイザック様に……征服されてる……)

ゾクゾクッと被虐的な悦びを得ながら、ステラは蕩けきった顔でシーツに寄った皺を見つめた。知らずと口端から涎が垂れてだらしない顔になっても、うつ伏せなので彼に見られずに済んだ。

「苦しくないか?」

頭上からアイザックの気持ちよさそうな吐息が聞こえる。

「だい、……じょうぶ、……です……っ」

ぐぷぐぷとアイザックの刀身が蜜壺に沈み込み、ステラは少しでも彼が挿入しやすくなるよう、息を細く長く吐いて体の力を抜いた。

お腹の奥がキュンキュンと疼き、愛しい人の侵入を喜ぶ。少し下腹部に力を込めると、狭い蜜孔を満たしたアイザックの雄芯の形を感じ、頬が熱を持つ。

「あ、ぁ、……ん、……あー……」

お腹にクッションを挟んで角度を得ているからか、アイザックの肉棒は奥まで入り込む。最奥までみっちりと満たされたあと、ステラは体を震わせながら吐息をつく。それでなければ、入れられただけで軽く達してしまいそうだったからだ。

最奥まで刀身を埋めたあと、アイザックはステラの背中や首筋にキスをし、白金の髪をかき上げる。

少し肌が汗ばんでいるので恥ずかしいが、抵抗できる体勢ではない。

蜜壺がアイザックの形に馴染んだ頃、彼は少しずつ腰を揺らしてステラを穿ってきた。

「あぁ、あ、……っ、ん、あ……っ」

膣襞をぞろぞろとさざめかせてアイザックの肉棒が前後し、出っ張った雁首が弱い場所に引っかかり、ステラは咽頭(いんとう)を震わせる。

グチュッグチュッと蜜壺を攪拌(かくはん)される音がベッドルームに響き、二人分の荒い吐息が混じる。

大きな一物に最奥まで満たされたかと思うと、ズルルッと引き抜かれ、蜜壺が寂しそうに切なく疼く。かと思えばまた一気に奥まで貫かれ、ジィン……と全身に行き渡る淫悦にまみれながら、ステラは甘ったるい嬌声を上げていた。

「あんっ、ぁ、んーっ、あ、あぁあ……っ、ひ、――ぁ、あ……っ」

アイザックの大きな手で腰を掴まれると、ステラの細腰など容易く壊されてしまいそうだ。寝台を揺さぶる力強い動きも、突き入れられる男根の逞しさも、アイザックという勇猛な雄を表している。

同性である彼の部下すらアイザックに心酔し、恐らくこの国の女性たちも彼に憧れて一晩の相手になりたいと思っているのではないだろうか。

アイザックを愛するがゆえに、ステラの心の中に彼を〝至高の存在〟として位置づける不安要素が蓄積されてゆく。

「ステラ……ッ、――好きだ……っ、――愛してる……っ」

「!?」

不意にアイザックがそう口走り、ステラはあまりの歓喜にギュッと彼の肉棒を締めつけた。

（嘘!?　なんで……っ）

彼の好意を疑っているわけではないが、いまだ〝本物のステラ〟がどこかにいる説はステラの中に確固としてあり、アイザックの本当の気持ちもわからないままだった。

「……っ、ぁ、アイザッ……く、ぁ、――あぁっ」

上体を捻って彼の顔を見ようとしたが、どちゅんっと最奥まで貫かれて情けない悲鳴が漏れる。

そんな彼女にアイザックは覆い被さり、細やかに腰を打ちつけながら耳元に囁いてきた。

「君は必ず私が幸せにする。何も不安がらず、私に愛されていればいい」

低く艶やかな声音で言われ、ステラは彼の声だけで酩酊する。

とっぷりと甘ったるい果実酒に全身を浸からせたかのように、幸せでフワフワとした心地になりながら、現実を認識できない。

「ぁあ、だって……、アイ、……ァ、イザック、さ、――まぁ、……っあ、あぁっ」

鼻にかかった声で悶えるステラの胸の下に、アイザックは両手を差し入れてきた。

乳房に指を食い込ませて揉みしだき、片手を胴に回したかと思うとグイッと抱き上げた。

「ひぁっ……」

膝立ちになった体勢になり、そのまま背後から抱き締められてズグズグと突き上げられる。

アイザックが高身長でステラが小柄なため、膝が少し浮いているほどだ。

その分深い場所までアイザックの切っ先が潜り込み、ステラは目の前がチカチカするほどの淫悦を貪った。

ステラの上半身を押さえているのは、乳房を揉んでいる両手のみだ。

だからこそアイザックの指先は強く彼女の柔肉に潜り込み、体の深部に至るほどの甘い疼きが全身を支配する。

「あぁ、う……っ、う、ぁああ……っ、んっ、ふ、――ふ、かぃ……っ」

自然と脚を大きく広げたステラは、背後から人形のように犯される。

一瞬、自分はアイザックの性処理のために抱かれているのでは、と思うほど、激しい行為だ。

快楽にまみれた中、微かな不安を抱いていたからか、ギュッと強く抱き締められた。

背中にアイザックの厚い胸板が密着し、耳元にふーっふーっと彼の荒い息遣いが聞こえる。

「ステラ……、愛してる……っ」

「つ———っ!」

その一言だけで、ステラはブルブルッと震えて絶頂した。

「ぁ……っ、く、——締まる……っ」

歯を食いしばった隙間からアイザックの荒々しい呼吸が聞こえ、それだけでステラは感じ入る。

深く絶頂してアイザックの太腿を力一杯摑んでいるというのに、彼はステラの秘玉に指を這わせ、クリュクリュと転がしてきた。

「つひぁあ……っ、あぁあう……っ、う、ぁあぁ……っ!」

途端にステラは何かの発作でも起きたかのように激しく悶え、いやいやと首を振って白金の髪を振り乱した。

「もっと感じて達け。私の手の中で淫らに乱れて、私のことだけしか考えられなくなれ」

ズンズンと深く突き上げながらアイザックは指を動かし続け、時に蜜まみれになった淫玉

を指の腹でピタピタと打つ。

「許してぇ……っ、も……っ、だめ、ぁ、――あぁああ……っ」

次から次に快楽の波濤が押し寄せ、ステラは苦しげに唇を喘がせ涙を流す。

「はっ……！　ぁ、――う、……ぅっ」

一際強い波に攫われたかと思うと、ステラは脱力して寝台に倒れ込んでしまった。

その弾みでアイザックの肉棒がニュポンと抜けてしまったが、彼はうつ伏せになり動けなくなったステラをもう一度穿つ。

「うあぁあ……っ！」

もはや可愛い喘ぎ声すら出せなくなったステラは、本能の声を出して悶える。

アイザックはステラの片脚を抱え上げると、犬が小用を足すような格好をしたステラをズボズボと貫く。

シーツには淫らな水溜まりができ、ステラがその上で身をくねらせたり摑んだりしたことにより、すっかり皺ができている。

絶頂したまま戻ってこられなくなったステラは、涙を流しながらアイザックに貫かれ続けた。彼が腰を叩きつけるたびに、結合部から濃い蜜がしぶきとなって飛ぶ。

大ぶりな乳房は振動でブルンブルンと揺れる。ただでさえ力が入らないので、ステラは両手を必死につっぱらせ、自らの体を支える。

やがてアイザックはようやく高まりを得たのか、腰を打ちつける速度が上がってきた。

バチュバチュと凄まじい音がベッドルームに響き渡り、内臓が押し上げられるかのような強い突き上げにステラは悲鳴を上げる。

「きもち……っ、ぁ、気持ち……っ、の、やぁっ——っ、も、——ゆる、……っしてっ」

硬い亀頭に最奥をどちゅっと突かれるたび、ステラは何度も愛潮を漏らしていた。

もはや人としての尊厳すら保てなくなった彼女は、泣き喘ぎながらアイザックに許しを乞う。

つま先を固く閉じて痙攣し、何度も何度も意識を快楽の彼方に押し上げられては、現実に引き戻されてまた激しく犯される。

(もう……っ、駄目……っ)

ふわぁ……っと意識が真っ白になって気を失いかけた時、アイザックがズボッと屹立を引き抜き、獰猛にうなりながら自身の手で強くしごき出す。

「ぁ……っ、ステラ……っ」

肩越しに見えたアイザックは、切なげな顔をしてずっしりと膨らんだ巨根をしごき、その先端からビュルビュルと白濁を放っていた。

汗で濡れた肌に白濁がかかり、まるで温かな雨でも浴びているようだ。

疲れきったステラは何か彼に言おうとしたが、唇を小さく開いただけですべての気力を使い果たし――、意識を闇に落とした。

（……また、やってしまった）

完全に気絶したステラを前に、欲望をすべて吐ききったアイザックは強い後悔に駆られる。

一度ステラを抱くと、普段保っている強固な理性がすべて剝がれ落ちる。

自分と彼女の体力差など明確で、抱く時は手加減をして優しくしなければいけないと思っているのに、彼女の肉体に溺れると見境がなくなってしまう。

ことさら今回は戦闘のあとであったため、荒ぶったものがアイザックの中に渦巻き、どこかに発散させなければいけない状態だった。

平時なら一人になって時間をかけて気持ちを落ち着ければ、問題なくいつもの自分に戻れる。

だが今はステラが側にいる生活で、彼女の命が狙われた。

二度失態を犯した自分だからこそ、彼女のことは手の届く場所で守りたい。

けれど愛しい彼女が側にいるという状況は、自分という獣の牙にかかってしまうという欠点がある。

牙といっても、もちろんステラを傷つけるわけではない。

愛して、愛し抜くだけ――といっても、アイザックはずっと彼女を望んでいたため、一度理性が飛ぶと止まらなくなる。

戦場でも一度理性のタガが外れると、味方からも「元帥には近づくな」と言われるほどの惨状を作ってしまう。

今でこそ比較的平和になって、戦争に向かうこともなく落ち着いた毎日を送れていた。最高責任者という肩書きだけの存在になってもいいか……と思っていた時、ステラの案件が転がり込んできた。

彼女を守るのは自分の使命だ。彼女をきたる時まで責任を持って大切に保護する。

――そう誓ったはずなのに。

「……ステラに一番近づいてはいけないのは、私ではないか」

溜め息をついて汗で濡れた髪をかき上げ、アイザックはもう一度息をつく。

ステラの日に当たったことなどないと思える真っ白な背中や、プリンとした尻に、自分の出した子種がかかり、蠟燭の火に照らされ光っている。

なんとも淫靡な光景は、妖精と思えるほどの儚い美貌を持つ彼女を「汚してしまった」という罪悪感を持たせた。

「……あの方に合わせる顔がない」

何度目になるかわからない溜め息をついてから、アイザックは彼女の体を清拭するためにバスルームに向かった。

「何か出てきたか？」

「ほとんどは下っ端のようでしたが、一名、離れた場所にいて現場の高みの見物をしていたリーダー格とおぼしき者を捕らえました」

翌日、アイザックはステラと一緒に朝食を部屋で食べ、彼女のことはそのままルビーに任せた。そして書斎に移り、リドリアからの報告を受けていた。

「息のある者はカリガの収容所に入れておきました。そのリーダー格が持っていたのが……これです」

そう言ってリドリアがデスクに載せたのは、クシャクシャになった紙と指輪だ。

「…………」

紙に書かれている文字は、大陸にある亡国の貴族から出された、ステラを捕らえよという命令書だ。

「心当たりはあるにはあるが……。ステラが何か思い出さないか、指輪だけでも見せてみるか」

「そうですね。ステラ様の記憶が戻らない限り、閣下も前に進めないでしょう」

腹心に言われ、アイザックは皮肉げに唇を歪める。

「いざとなれば記憶がないままでも、上手くやってみせるさ」

デスクの上にある紅茶を一口飲んだアイザックに、リドリアは溜め息交じりに言う。

「閣下はいつでも余裕があって羨ましいです。……私はいつも、余裕がありません」

言われてアイザックはリドリアに長年会っていない想い人がいると思い出し、薄く笑ってみせた。

「今回の件が片づいたら、お前に何か困ったことがあれば協力してやる」

「ありがとうございます」

カップに残った紅茶を飲み干し、アイザックは立ち上がった。

「……ステラのところに行く」

「は」

立ち上がったアイザックは書類をデスクにしまい、指輪を手に書斎を出た。

海を眺めながらバルコニーでルビーとお茶をしていると、アイザックとリドリアが現れた。

その日はまだ三階のプライベートな部屋から外に出ておらず、玄関ホールが見渡せる場所にも行けていない。

だが屋敷内には人が多く出入りしている気配があるので、恐らく〝後始末〟がずっと行われているのだろうと察した。

「ステラ、少しいいか？」

「はい」

返事をすると、向かいに座っていたルビーが立ち上がった。

「それでは私は、旦那様のお紅茶を用意いたしますね」

「いや、私は今まで飲んでいたから、特に必要ない」

「遠慮なさらないで私に仕事をさせてください。多少水っ腹になってもいいじゃないですか」

そう言ってルビーはカラカラと笑い、「任せましたよ」とリドリアの腕を叩いてから退室していった。

今までルビーが座っていた、ステラの向かいの席にアイザックが座り、リドリアはテーブルの脇に立つ。

バルコニーの向こうは、昨日の惨劇が別世界の出来事のように思える風景が広がっている。

港街カリガは今日も陽光をふんだんに浴びて白い街並みを光らせていた。

彼方では青い海が煌めき、海鳥の鳴き声が絶えず聞こえ、耳を澄ませば港や商業区画の喧噪も聞こえる気がした。

ぼんやりとこの美しい景色を見ながらルビーとたわいのない話をし、ステラは昨晩アイザックに激しく求められたことも夢のようだと思っていた。

その傍ら、昨晩自分が蛮勇に駆られた結果、アイザックからもらった真珠の首飾りが弾けてしまったことを思い出し、申し訳ないと反省する。

同時に真珠が弾けたあの瞬間がいつまでも脳裏に刻まれ、あと一つで〝大切な何か〟を思い出せそうな気がしていた。

夜に不穏な気配を感じて目を覚まし、嫌な予感を抱いたあの時から、自分は〝何か〟を追体験していると思った。

まったく同じ体験をしているわけではないが、似たようなことに以前も巻き込まれた気がする。

そして、自分は〝大切な真珠〟をどうにかしなければならなかった気がして――。

昨晩の騒動から、ステラはそこさえ乗り越えれば自分はすべてを思い出せる気がしていた。

(それもアイザック様にお話ししなければ)

そう思っていた時、アイザックが手に握っていたものをコトンとテーブルの上に置いた。

日差しを浴びてキラリと光ったのは、黄金の指輪だ。

どうやら男性のものらしく、リングの部分はかなり太い。

「これは……？」

「昨日の襲撃犯のリーダー格の男が持っていたものだ。黒幕が渡したものと思われる。指輪にはとある国の国章が刻まれているが、見覚えはあるだろうか」

「……直接触っても大丈夫ですか？」

大切なものなのだろうと思って尋ねると、アイザックは懐からハンカチを取り出した。

「言われてみれば、君がその汚れた指輪に触るのも不愉快だな。これを使いなさい」

アイザックはハンカチで指輪を包み、ステラの指が直接触れないようにして彼女に渡す。

「ありがとうございます」

そんなに気にしなくてもいいのに……と思いつつ受け取り、ステラは指輪に刻まれた国章を覗き込んだ。

剣にヘビが巻きついている国章を見た瞬間、チリッと頭の奥が焼けるような痛みを微かに感じた。

ステラの顔つきが変わったのを見て、アイザックはリドリアと顔を見合わせ、頷く。

「見覚えがあるか？」

「………………」

アイザックの問いに、ステラは優美な顔を微かに歪ませて黙り込む。

考えてすぐ明瞭な答えが浮かび上がったわけではない。ステラの心に浮かんだのは、漠然とした感覚だった。

だがすぐにザワッと全身の毛が逆立ち、鼓動が速まる。

無意識に手で胸を押さえて、ステラは震える声で告げた。

「……その……国章は……。……ヘビ……ヘビの目……あの人……っ。わ、——私を、見て……っ」

脳裏に人と人が争う声、剣戟が蘇る。

続いて昨晩の戦いを思い出し、脳裏に浮かんだ散らばった真珠を思い描き、ステラの記憶は著しく刺激される。

あと少しですべてを思い出せるという現状で、最後のパズルの一ピースがステラの脳内でカチリと嵌まった。

「ステラ!?」

アイザックは彼女の異変に気づき、立ち上がると彼女を抱き締める。

「……っアイ、——ザック、様……っ」

頭がガンガンと痛む。

あまりに強い頭痛で涙が零れ、脳裏に次々と様々な光景がフラッシュバックする。

アイザックはリドリアに無言で視線をやり、「外してくれ」と訴えた。有能な部下は一礼し、退室していく。

「海……っ、海、……を、船で渡っていました。輿入れだったんです。侍女が、騎士たちが大勢同行していたのに……っ、みんなっ、――海賊に立ち向かい、私に同行した人も波に呑まれてしまった……っ！」

「大丈夫だ。私はここにいる、ステラ。君は無事にエインズワースに辿り着いた」

自分をしっかりと抱き締める強い腕を感じ、ステラはぶるぶると震えながら顔を上げた。

「……あぁ……っ。……アイ、ザック……様……っ。おあ、――ぃ、したかった……っ、です……っ。私、――わた、し……っ」

彼は最初から側にいてくれた。

今ならすべてわかるのに、自分はアイザックに怯え、疑い、まったく何も知らなかったとはいえ、自分自身に嫉妬してしまっていた。

「あ……っ、はは、――ふふふ、……あはははは……っ」

ズキズキと痛む頭を押さえ、ステラは涙を流しながら笑う。

アイザックは一瞬戸惑った顔をしたものの、今ステラの中で様々な情報が氾濫しているのだと察し、何も言わず抱き締めてくれた。

「……あ、……あぁ……」

はふっと吐息を漏らし、ステラはアイザックに抱きつく。

彼の逞しい胸板に顔を押しつけ、心音に耳を澄ます。昔からずっと大好きだった香りを鼻腔一杯に吸い込み、脳内で荒れ狂う波に怯え、ギュッと手に力を入れた。

「こわ――かった、です……っ。海賊に襲われるかと思って、大切なものだけを持ってジェイダや騎士隊長たちと一緒に小舟に乗り込みました。けれど、嵐が迫っていて海が荒れ、船からは大砲も放たれました。……っこ、小舟は波に呑まれて大破して……っ。私……っ、皇妃様からいただいたものだけはと思って、――自分のことしか考えられなかったのです……っ」

アイザックに抱きついて嗚咽するステラは、完全に記憶を取り戻していた。

だが蘇ったのはアイザックを愛しいと思う気持ちだけではない。

命からがらだったとはいえ、自分はずっと側にいてくれた侍女や、守ってくれるために同行した騎士や、船に乗っていた軍人たちを見捨ててしまった。

騎士たちは海での旅なので完全武装ではなかったが、いつ海賊が出るかわからないので軽装備ではあった。それでも騎士たちが纏う防具は重たい。おそらく彼らはその重みで溺れてしまったのだろう。

侍女のジェイダも、以前から本人より「泳げない」と聞いていたので、彼女がどうなってしまったかは想像に難くない。

最終的にステラを襲うのは、――自分だけが生き残ってしまったという、激しい後悔だ。

「愛する方に会いたい一心とはいえ、なんとあさましい……っ。こんな私、アイザック様の妻になる資格なんてありません……っ」

「……ステラ」

「っ呼ばないでください！　……っ私を、そんな大切そうに呼ばないで！　抱き締めないでっ！　私は、……っ供の者の命を――んっ」

強くかき抱かれたかと思うと、ステラは唇を塞がれていた。

熱い舌がヌルッと入り込み、それだけでステラは体を震わせる。

今までのステラが覚え込んだアイザックの唇と舌を感じ、彼女の体は女として淫らに反応し、本能的に彼の舌を吸った。

「……っん、――ふ、……ぅ、……ん」

ちゅっ、ちゅぷっと音を立ててステラの舌がしゃぶられ、唇を甘嚙みされて体の力が抜けてゆく。

息継ぎに鼻で呼吸をすると、アイザックのクラクラするほどいい香りを胸一杯吸い込んだ。

「……ぁ………」

やがて激しくも優しいキスが終わり、二人の舌先から透明な糸が引いてプツンと切れる。

ボーッとしたステラの頭を撫で、アイザックが尋ねてきた。

「落ち着いたか？」

「……………はい……」

記憶が一気に蘇って混乱したとはいえ、普段の自分とは思えないほど興奮し、彼に対して失礼なことを口走ってしまったかもしれない。

「……すみません、……でした」

「いや、気にしていない。君が混乱し、動揺するのは当たり前だ。女性の身……特に宮殿で大切に育てられた公爵家令嬢の君が、海賊に襲われただけでもショックだったのだろう。それなのに海に放り出されて死ぬかもしれない状態になったなら、自己防衛のために心の中でどんなことが起こってもおかしくない」

アイザックは椅子に座り、ステラを自分の膝の上に乗せる。

子供をあやすように背中をトントンと軽く叩きながら、彼はステラの額や目元に優しい口づけを落とす。

「私の身の上を……わかって……いたのですね？」

不意に以前アイザックがそう言っていたのが脳裏によぎり、彼は最初からすべてを知っていたのかと今さらになって思う。

「ああ。もとより輿入れのためにガラナディンを出て、船旅に出たという知らせを君から手紙で知らされていた。カリガに着く予定日時が近くなり、私は君を迎えに王都から南方まで出向いていた」

言われて、すべての納得がいく。

「……それで裏オークションに参加することができたのですね」

「最初は船が海賊に襲われたと聞いて、心臓が止まったかと思った。港には船の残骸が漂着し、その中に積み荷とおぼしきものや、遺体もあった。君の姿がないか、私は連日港や海岸を歩き回った」

「……すみません」

「君は特別綺麗な髪をしているから目立つ。普通船に乗る人間は男のほうが多い。金髪の女性が見つかれば君である確率は高かった。だが遺体の中に君らしき金髪で身分の高そうなドレスを着た者はいない。……それで私は、君が生きているという可能性を考えた」

一度言葉を切り、アイザックはまた愛しげにステラの額にキスをする。

「私……、海岸にいました。板きれになんとか掴まって、皇妃様からいただいたジュエリーボックスだけは守らないとと思い、必死に泳ぎました。海水で目も鼻も痛い状態で、体温は下がり、意識も朦朧(もうろう)としていました。……気がつけば海岸に流れ着いていて、けれど『このままでは海賊に見つかってしまう』という恐怖がありました。必死にジュエリーボックスを岩の間に隠して……そこで、意識が途切れました」

ステラの話を聞き、アイザックは推測を口にした。

「恐らく私が海岸を探し回っていたのは、君が流れ着いたよりずっとあとだろう。その前に君は何者かによって発見され、カリガのどこかで看病されていた。そしてあまりに美しいので〝商品〟になるかもしれないと思われたのだろう。身に纏っていたドレスなども、濡れていたとはいえ庶民が着る物ではないだろうし」

「……そう、かもしれませんね。言われてみれば、熱でうなされていた苦しさや、知らない天井を見た記憶もありますし、どこかに寝かされていた……気がします」

思い出そうと目を眇めても、疲弊して海岸に流れ着いた直後のことなので無理がある。

ステラの意識がハッキリしたのは、裏オークションに出品される前、男と会話をした辺りからなのだ。

「君が生存している可能性に賭け、遺体は見つからないだろうと判断した私は、部下に命じてカリガ中で聞き込みをさせた。しかし裏オークションの主催者たちとしても、〝出品〟される女性を外部の者に見せないよう、細心の注意を払っていたのだろう。その結果、どこかで看病されていただろう君を未然に保護することはできなかった」

確かに、アイザックの手が回るより先に犯罪者に保護され、寝かされて隠されたままでは、いくら彼や軍人たちが優秀でも、見つけることは困難だっただろう。

「しかしその時、私はエインズワースの南部を中心に、女性の誘拐事件が頻発しているという情報を思い出した。そして貴族の館から盗難された美術品が、裏オークションに流されているという話と結びつけた」

「裏オークション会場はどうやって？」

「この辺りは貴族の別荘が多く建っている。カリガという一つの大きな丘陵の表側には、皆がよく知る貴族の館や別荘がある。また丘陵の陰になる人気のない場所にも、静かな環境を好む者の別荘が点在している。もし裏オークションが行われるなら、場所は〝商品〟を移動させやすい港街で間違いない。そして会場は人気のない場所に建っている貴族の別荘という目星がつく。また大勢に〝商品〟を見せるのが前提なら、ダンスホールのある大きな屋敷か、小劇場という選択肢ができる」

「それで……場所がわかったのですね」

「ああ。招待状も難なく手に入れた。前々から黒い噂のある貴族を、長期間にわたり部下に調査させていた。その者が同時期にカリガに向かっているという情報を入手し、部下につけさせた。彼のカリガの別荘を訪れて少し脅迫したら、裏オークションに参加する予定だったと白状し、会場となる建物の情報、招待状を私によこした」

そのあとの彼の行動は予想できた。

「本来なら私の輿入れのための護衛を、急遽裏オークションを取り押さえるための部隊に編成し直したのでしょう？　そして、私に危険がないように、一度は競り落としたように見せかけた……」

ステラの言葉を聞いてアイザックは頷き、微笑む。

「正解だ」

また頭を撫でられてキスをされたステラは、先ほどとは違って随分気持ちが落ち着いたのを自覚する。

けれど一度に色んなことを思い出し、アイザックと共に整理していったからか、頭が疲れきっていた。

知らずと溜め息をついたステラを見て、アイザックは無理をさせてしまったのだと察したようだ。

「……落ち着いたようだが、少し横になって休んだほうがいい」

そう言ってアイザックはステラを抱き上げ、ベッドルームに向かう。

天蓋ベッドにステラを横たえたあと、アイザックは彼女の靴を脱がせ、ドレスの背中にあったボタンも外す。体を締めるコルセット等も外され、ステラはシュミーズにドロワーズのみという姿にされてしまった。

毛布をかけたアイザックが「おやすみ」と言ったが、ステラはとっさに彼の袖を摑んでいた。

「……ん？」

「……側に、いてください。まだ一人には……なりたくありません」

か細い声で、それでもきちんと自分の望みを伝えると、アイザックは「わかった」と微笑んでジャケットを脱いだ。ブーツも脱いでゴロンとベッドの上に横になり、肘をついて頭を支えると、ステラを見て彼女の肩を撫でる。

「……ステラ」

彼が自分の名前を呼んでくれるのが嬉しくて、ステラは幸せそうに微笑んだ。

「……はい。私は……ステラ、です」

大陸にある帝国ガラナディンの皇帝ランドルフの従妹で、フローレス公爵家の長女。

ランドルフが大陸より離れた島国であるエインズワースとも国交を強めるべきと考えていた時、ステラの父が「私の娘を嫁がせます」と申し出た。

ステラはエインズワースの公爵であるリーガン家に嫁ぐことになり、アイザックと出会った。

その当時、年齢はアイザックが二十三歳であるのに対し、ステラは十二歳で十一歳の年の差があった。

だがステラは年齢差など関係なく、紳士的で落ち着きのある彼に惹かれた。

出会ってから結婚をするまでそれなりの年月を要し、二人とも離れた土地にいたので、しょっちゅう逢瀬(おうせ)を重ねては愛を深めるということはできなかった。

だがアイザックは自ら船に乗って何度も大陸にあるガラナディンの帝都まで来てくれ、滞在しているあいだ関係を深めていくことができた。

会えていなかった時は手紙のやり取りをしていた。ステラはアイザックの少し硬質な男性っぽい字が大好きだ。彼からの手紙はすべて保管し、宝物にしている。

アイザックのことを考えると、切なくなって涙を流してしまうのは、ただ恋をしていたからではない。

「……目は、大丈夫ですか？」

ステラはそっとアイザックの眼帯に触れ、尋ねる。

彼の右目を奪ってしまったのは、他でもないステラだ。

初めて帝国にアイザックが訪ねてきて挨拶をした時、ステラたち王族を狙って再興を求める亡国の刺客が襲いかかった。

その時にアイザックはステラを守って右目を負傷した。ステラは懸命に彼の看病をしたが、結局アイザックの視力が戻ることはなかった。

『私があなたの右目になります』

ベッドに横たわる彼に泣きながら誓って、七年経った。

「……あなたのことを、忘れていただなんて……」

エインズワースの将来を左右する公爵という重要な地位にいて、軍部を司る元帥閣下と呼ばれる人。

従兄である皇帝ランドルフが実の妹のように可愛がっているステラだからこそ、従兄も確実に彼女を幸せにするだろう男性を選んでくれた。

初めて会った時にすぐ恋に落ち、彼が身を挺して自分を守ってくれたと思い知った時、自分はこの人のために一生すべてを捧げるのだと理解した。

——だというのに。

「……っ、すみま、せん……っ。どうして忘れられたんでしょう……っ」

再びポロポロと涙を零すステラの目元に、アイザックは優しく口づけた。

「気にすることはない。私は君を見つけ、ずっと見守っていた。君は不安だったろうが、私が側にいる以上、もう君を危険な目に遭わせない。……逆に、海上のこととはいえ、命の危機にあった時に側にいてやれなくてすまない。大陸の港まで、私が迎えに行くべきだった」

苦悩の滲むアイザックの声を聞き、ステラはぶんぶんと首を横に振る。

「いいえ……っ。アイザック様は、最初から私に優しくしてくださいました。買われたと思い込んで不安だった私を、真綿でくるむように大切にし、傷つけないように、不安にさせないように、細心の注意を払っていてくださいました。……それだけで、私は十分なのです」

今ならわかる。

彼がカリガからエイシャルに至る道中、ステラを風呂に入れてくれたり、同衾してまで守ってくれた真意が。

婚約者をやっと見つけられたと思ったら、ステラはアイザックのことをすっかり忘れていた。

元帥の立場として、何があったのか詳細に聞きたい気持ちはあっただろう。だがアイザックはステラの心の健康を優先させ、自然と思い出すまで辛抱強く待っていてくれた。

(本来なら、ずっと会いたいと思っていた婚約者を前にして、『思い出してほしい』と強く願ってもおかしくなかったのに)

「……ずっと、君に会いたかった。毎日顔を合わせているのに、君は俺を見ているようで、ずっと遠くを見ている。不安に彩られた瞳を見るたびに、一時の安堵を与えたいがために、すべてを打ち明けたくて堪らなかった」

アイザックはステラの髪を梳り、何度も額や頬にキスを落とす。

「私、あなたに惹かれていました。……けど、ヘンテコな想いを抱いていたのです。……アイザック様が書斎にいらっしゃると思って、たまたまお邪魔してしまったことがありました。そうしたら机の上に〝私〟からの手紙が載っていて、……お恥ずかしい話、つい読んでしまったのです」

今ならあの話も、笑い話として打ち明けられる気がした。

激しく嫉妬していたのが自分自身だっただなんて、あまりにもおかしくて笑ってしまう。

「あぁ、そう言えば『今頃は結婚式の相談をしているはずだった』と思って、手紙を開いて感傷に浸っていたことはあったかもしれない。呼ばれて席を立ったから、丁度その時だったのか……」

「かもしれません。その時は女性の文字で、しかも〝ステラ〟と書いてあったので、てっきり自分以外に〝本物のステラ〟さんがいるのだと思ってしまいました」

「なんだって？」

アイザックは軽く瞠目し、目をしばたたかせる。

「あなたは私に、〝ステラ〟という名前を『仮の名前だ』と言ってつけてくださいました。それは私の本名で、『自分の名を与えられることで、少しでも記憶を取り戻す手伝いになるなら……』というお気持ちからだと思います。ですが私は、『本当の想い人であるステラさんの名前を、愛人扱いの私につけている』と勘違いをしてしまっていました」

「……はぁ……」

アイザックは溜め息をつき、苦笑する。

「気が狂いそうなほど君のことが好きなのに、君が二人もいては私の身が持たない」

「ふふ、すみません。……あなたのことを信じきれないほど、毎日を不安と共に生きていました。……そんな自分の余裕のなさが、今ではお恥ずかしいです」

「仕方ない。記憶を失うなど、私は体験したことがない。自分が何者であるかわからないというのは、どれだけ恐ろしい気持ちになるか察するに余りある。懐疑的になってしまうのも仕方がない」

「……そんな生活の中でも、アイザック様のことは本当に信用していたのです。買われた女だと思って絶望していた私に、あなたは無体をせず終始紳士的に接してくださいました。エイシャルのお屋敷に着いてからも、使用人の皆が優しくしてくれて、戸惑いながらも『幸せだ』と思えていました。最初は、本当に自分は奴隷になるのだと絶望していましたから」

「君を奴隷になどするものか。……まぁ、私の側から一生離れられないという意味では、似た境遇かもしれないが」

珍しく冗談めいたことを言うアイザックの言葉に、ステラはクスクスと笑う。

それから視線をそっと外し、顔を赤らめて言葉を続けた。

「……記憶などなくても、アイザック様を好きになりました。そして自分を役立たずの居候と思う情けなさと、〝本物のステラ〟さんへの嫉妬から、……あのような思いきった行動を取ってしまいました」

大胆なランジェリーを身につけた夜のことを持ち出され、アイザックは「あぁ……」と苦笑いした。

「あれは本当に驚いた。君があんな大胆な衣装を身につけるなんて想定外で……。おまけに君は帝国の公爵令嬢で、そんな君に婚前に手を出していいのか真剣に悩んだ。……情けないことに自分の本能に負けてしまったが」

ハァ……と大きな溜め息をつくアイザックは、心底あの時の選択を後悔しているようだった。

「あのあとはなしくずしで、君から〝サイン〟をもらうと、つい反応してしまうようになってしまった。『どうせ結婚するから』『責任は必ず取るから』と自分に理由をつけて、未婚の淑女を抱いてしまった……。……ランドルフ陛下に八つ裂きにされる気がする」

もう一度溜め息をついたアイザックの反応を見て、ステラは笑いが止まらない。

「うふふ。お兄様には私からきちんとお話しますから、安心なさって？　それに、言わなければ大丈夫です。私たちは結婚するのですし」

手でスッとアイザックの頬に触れると、彼は甘やかに笑う。

「〝記憶喪失のステラ〟をずっと見ていて思ったが、君は案外かなり大胆なところもあるな？　奇襲を受けて花瓶で刺客を殴りつけた時、なんて肝の据わった女性なんだと驚いた」

「あ、あれは……。必死で、つい」

あまりに淑女らしからぬ大胆な行動を思い出し、ステラは赤面する。

「いや、度胸のある女性が私の妻になってくれるなら、頼もしいことこの上ない」

アイザックは愛しげに微笑み、またステラに口づける。

ステラはしばらく微笑みながら、アイザックの胸板に顔を押しつけていた。

だが記憶を取り戻したからこそ、胸に沸き起こった疑問もある。

「なぜ記憶のない私に、婚約者だと言わなかったのですか？　それをきちんと伝えれば、私の不安も拭えたと思うのですが」

恨み言を言うつもりはないが、最初から「君は私の婚約者だから、記憶を取り戻すまで保護している」と伝えてくれれば、ステラも色々悩まずに済んだかもしれない。

「それは……」

アイザックは視線を逸らし、少し言葉を選んでいるようだった。

やがて観念したように息をつき、「実に情けない理由だ」と皮肉げに唇を歪める。

「……私はずっと年齢差を気にし、君のように可憐すぎる女性を妻にもらって大丈夫だろうかと懸念していた」

その言葉を聞き、ステラは一気に不安に襲われた。

「わ、私が子供すぎて、妻には向かないとおっしゃるのですか？」

「いや、そうじゃない。逆だ。落ち着いて聞いてくれ」

言われてステラは、彼の言葉をきちんと聞こうと反省する。

「君が幼いという話ではない。君のように若くも聡明で美しい公爵令嬢が、私のような一回り以上年上の朴念仁でいいのかという不安だ。それに君は、私が右目を失明したことによって、随分責任を感じているように思えた。私を好きだと言ってくれる気持ちは嬉しいし、『右目になる』と言ってくれた誓いも私にとっては大切な思い出だ。……だが、それがきっかけで君のあらゆる可能性を潰し、罪悪感のみで君の人生を私に縛りつけていたのなら、そんな悲しい話はない」

「────っ！」

初めて聞いたアイザックの本音に、ステラは自分の誇りを引き裂かれた気がした。下着姿であるのにも拘わらず起き上がり、ステラは拳で彼の胸板を叩いた。

「……っ、ステラ？」

「〜〜〜〜っ、バカっ、…………アイザック様のバカ！」

突然怒り始めたステラに驚き、アイザックは起き上がって彼女の手を容易く摑む。

「ステラ……」

「私、……っそんな罪悪感なんかでアイザック様を愛していません！　確かに責任は感じています。感じるなというほうが無理です。……ですが、それだけではないでしょう？　私たち、遠い土地にいたのにアイザック様が可能な限り訪ねてくださって、たくさんお話をしました。キスもしましたし、触れていただいてとても嬉しかった記憶も鮮明にあります。私は、あなたの性格やお姿、声、仕草、すべてが好きなんです……っ。私の恋心を、罪悪感なんてものに勝手に変えてしまわないで……っ」

──悔しい。

アイザックが自分の恋心を勘違いしていたのも悔しい。

けれどそれ以上に、今まで精一杯彼に伝えてきたと思っていた好意や愛情を伝えられなかった、自分の未熟さや魅力のなさが悔しい。

ステラの拳が、タンッ……と力なくもう一度アイザックの胸板を打つ。

その手を取り、アイザックは気持ちを込めて口づけてきた。

「すまない。君の気持ちを侮っていた」

「……私、目を負傷したのがリドリア様であったとしても、あの方には恋をしていません。十二歳の時にお会いして、七年間積み上げたものがあるアイザック様だからこそ、身も心も捧げ、結婚したいと思っています」

引き合いにリドリアの名前が出て、アイザックは苦笑する。

「本当にすまなかった。今度こそ、なんの疑いもなく君を愛したい。……私の気持ちを受け入れてくれるか？」

アイザックに抱きすくめられ、優しい瞳に尋ねられる。

「……っはい……」

涙を纏った目でステラは微笑み、自らアイザックの首に両手を回し、口づけた。

何度か唇を啄み合って吐息をついたあと、ステラはずっと考えていたことを口にする。

「落ち着いたら、海岸に連れていってくださいませんか？　皇妃様から預かったジュエリーボックスを、きちんとこの手に取り戻さなくては」

「わかった。その前に、記憶が戻って色々気疲れしただろうから、君は少し休んだほうがいい」

アイザックに体を横たえられたあと、彼は指でドアの外を示す。

「少しだけ外す。部下に言って海岸を封鎖させなくては。それを伝えたらすぐ戻るから、君は安心してここにいなさい」

「はい」

アイザックはステラの頭を撫で、立ち上がったあと寝室から出て隣室のドアを開ける。

廊下で待機していただろうリドリアと話す声が壁越しに聞こえたかと思うと、すぐにアイザックが戻ってきた。

「私も心配事が減って安心した。少し一緒に眠るとしよう」

そう言って彼はブーツを脱ぎ、ステラを抱くような体勢になると、目を閉じた。

（ようやく、落ち着いて眠れる気がするわ。……きっともう、何も心配事はなく……）

ステラも目を閉じ、やがてアイザックの香りを胸に吸い込み、心地よい眠りの淵に落ちていった。

＊＊

夕方前にアイザックと一緒に海岸まで行き、ステラは大小様々な石が転がる海岸を、海側から眺める。

見覚えがなければ移動し、ジッと石の特徴を見定めるということを続けた。

「あ……」

やがてオレンジ色に白っぽい線のついた石を見つけ、「あれだわ」とゴロゴロとした石の上を歩いてゆく。

「どれ、私がやろう」

ステラが示した石に目星をつけると、アイザックはヒョイヒョイと石を退けていく。

大きな岩の陰になっていた場所だったので、石が多少積まれていても通りがかる者にはあまり気にならなかったのだろうか。

やがて岩陰から変色したショールの端が出て、アイザックは慎重にショールで包まれたものを取り出す。

「これで合っているだろうか？」

アイザックに手渡されたものを抱え、ステラは近くにある大きめの石に腰掛ける。ショールの結び目はとても固くなっていたので、アイザックがナイフで切ってくれた。中から出てきた油紙を縛る紐も、同様にした。

「あぁ……」

中から出てきた赤いビロードのジュエリーボックスがちゃんと元の姿を保っていて、ステラは安堵の息をつく。

下のほうは海水が染みたのか少し変色していたが、手紙が入っている一番上の段は乾いていた。

何よりもステラは最初に一番上の段を開き、皇妃から託された手紙が無事か確かめた。

「……よかった……」

手紙の表面はサラリとしていて、何も濡れていない。

一緒に入っているダイヤモンドと真珠のティアラも、夕暮れの光を浴びて燦然と輝いていた。中段にあるネックレスとイヤリング、下段の指輪やブレスレット、婚礼用のすべてのアクセサリーの無事が確認される。

「……これで、アイザック様と結婚式を挙げられます」

「よかったな。私も安心した」

アイザックがステラを抱き寄せ、こめかみに唇を押しつけた。

ザァアン……と海岸に打ちつける波の音を聞き、ステラはこの海の果てにある祖国ガラナ

ディンを思う。

「手紙で……祖国には連絡をされたのでしたっけ？」

「ああ。船が海賊に襲われ、君が事故に遭って記憶を失ったことは伝えた。だが私のほうで手厚く保護しているという旨も書いたので、必要以上には心配していないだろう。私は君のご両親から信頼され、陛下たちからも信頼が厚いという自負がある。だから帝国側としても、すぐに兵を派遣して近隣諸国を脅かすことをせずに済んだのだろう」

「確かに、大国が軍を動かせば、周りの国は何事かと驚いてしまいますものね。お姉様の祖国ファナキアも、帝国の軍が動いたことに怯えたメイビスという国に、人質を取るかのように攻め入られた過去がありました」

〝お姉様〟と呼んで慕っている皇妃マリアリーシャは、かつて小国の女王であった。

彼女が紆余曲折(うよきょくせつ)を経て現在の皇帝ランドルフと結ばれ、十年が経つ。

皇帝と皇妃が出会った当時、メイビスという帝国の周辺国を交えた事件があった。七年前にステラたちが襲われ、アイザックが片目を失った戦いの相手は、帝国の従属国となったメイビスをもう一度独立させようという王家一派であった。

「私が片目を失った戦いから七年が経ったが、いまだメイビスの残党は不穏に動き続けているようだ。君が見たあのヘビの絡まった国章は、かつてのメイビスのもの。黒幕はもう決まっていると言っていい」

ステラは暗い目で、七年前に平和な宮殿に攻め入ってきた男たちを思い出す。

あの時は丁度庭でお茶会をしていて、かつてのメイビス王の弟だという男が部下を率いて襲いかかってきた。ステラはアイザック共々皇帝たちから離れた場所にいて、騎士たちの守備範囲から外れていた。

油断したステラは、メイビス王弟の息子のゾノという男に腕を掴まれ、人質にしようと引きずられた。ゾノはヘビのように冷たい目をしていて、彼のニヤニヤ笑いを見ると胃の腑を掴まれたような心地になったのを覚えている。

囚われかけたステラは、アイザックにより無事助けられたわけなのだが……。

(エインズワースまで辿り着いて、もう少しで正式にアイザック様の妻になれる。大陸の事件もきちんと片がついて、不安がなくなればいいのだけれど)

一筋縄ではいかない自分の結婚に溜め息をついた時、「それにしても」とアイザックが口を開く。

「妃殿下からの手紙は誰宛だ?」

ステラが手にしているガラナディンの国章が入った封蠟を見て、アイザックが質問してきた。

「これは、エインズワースの王妃殿下にお渡しするようにと仰せつかりました」

「……我が国の妃殿下に……」

アイザックは目を眇め、何事か考える。

だがそれほど長く考えないうちに「さて」と立ち上がってステラに手を差し出した。

「もう日が暮れるから、屋敷に戻ろう」

「はい」

周囲にいた見張りの軍人たちもゾロゾロと移動し始め、ステラの大切なジュエリーボックスはアイザックの部下が持ってくれた。

港に停めてあった馬車に乗り込もうとした時、馬車前に立っていたリドリアが少し緊張した面持ちで告げた。

「閣下、ガラナディンからの鳩が着きましたが、どうやら陛下たちが乗られた船は、明日このカリガに着くようです」

「そうか。なら、もてなす用意をせねばな。玄関は誤魔化せるほどには綺麗になっていたはずだが、今晩も入念なチェックを頼む。あの方は目ざといからな……」

「は、かしこまりました」

馬車に乗り込むと、ステラは少し目を丸くしてアイザックに尋ねる。

「明日……陛下……ということは、お兄様たちがこのカリガに到着されるということですか？」

「ああ、皇帝陛下がいらっしゃる」

アイザックの答えを聞き、ステラは思わず馬車の後ろにある小窓を覗き込んだ。

暮れゆこうとする海の彼方、帝国の勇壮な船が護衛艦隊をつけて航行している様子をイメージし……、息をつく。

「心配をかけたって、怒られるかしら」

思わず呟いたステラを見て、アイザックが笑う。

「その時は私が怒られるさ。もとより君を大陸の港まで迎えに行かなかった私に非がある。君は被害者で、何も悪くない」

アイザックの温かな手に左手を握られ、ステラは勇気づけられて微笑んだ。

第六章　決着～婚礼

ステラはソワソワしたまま夜を過ごし、翌日はルビーによってバラ色のドレスを着せられた。

昨日までは動きやすさ重視のドレスだったが、今日ばかりは賓客を迎えるためのドレスだ。きちんとコルセットで腰を締め、背筋を伸ばす。最近の流行とかで、デイドレスなので露出は少ないものの、首元から胸元までは薄めの生地でできているので、夏でも涼しい。豊かにうねったプラチナブロンドは、繊細な花を思わせる髪飾りをつけて結われ、大陸の皇帝を迎える準備はできた。

アイザックは以前から皇帝ランドルフたちがこちらに向かうことを知っていて、ご馳走(ちそう)を作るための食料や部屋の準備などを、事前に整えていたようだ。

道理でエイシャルからカリガに向かう道中、身の回りの世話をしてくれるルビーたちの他、護衛だけでなく使用人たちの数も多いと思っていた。

昨日海岸に出た時に確認したが、戦闘が起こった玄関ホールは、見違えるほど綺麗になっていた。

床は元通り鏡かと思うほど磨き上げられ、リドリアが作った壁の染みも、どんな魔法を使ったのか汚れの「よ」の字すら見つからない。

血臭は一晩玄関のドアや窓を開けっぱなしにし、空気の入れ替えをして消えたようだ。

玄関ホールにあった鎧や花瓶、絵画に至る美術品まで、血がかかった可能性のあるものはしっかり検められ、処置されている。

アイザックいわく、軍人の中には戦場に出て派手に暴れる者や諜報員の他に、屋内での争いを想定した〝片づけ屋〟と呼ばれる専門家がいるそうだ。

彼らの指示のもと、血液を効率よく取り除く〝掃除〟が行われたらしい。

朝食を落ち着かない気持ちで取ったあと、午前中に船が着くというので、船影が見えるまで部屋で時間を過ごした。

やがて晴れ渡った夏空の彼方、水平線に巨大な帆船の姿が見え、太陽が中天に昇る前には皇帝一行が乗った艦隊がカリガに着港した。

カリガはエインズワース一の港街であるが、これほどの艦隊を迎えるのは久々だ。

埠頭という埠頭に船が着き、白い帆がはためく様は壮観だ。

アイザックが前もってランドルフがエインズワースに来ることを知らせていたのか、王都エイシャルから歓待の使節団も来ていて港はちょっとした騒ぎになっている。

エインズワース国王夫妻は王都を空けることができないので、いずれランドルフが王都入りするのを待って、王宮で正式な挨拶をする予定らしい。

桟橋に船から足場が渡され、先に近衛兵たちが降りて左右に立ち並んでから、皇帝ランドルフが姿を現した。

現在四十歳手前のランドルフは、もともとあった威厳を増し、見られるだけで頭を下げたくなる迫力がある。それでも艶やかな黒髪や若々しい肉体はそのままで、より男ぶりに磨きがかかったという年の重ね方だ。

彼に手を取られて船を降りた皇妃マリアリーシャは、美しい蜂蜜色の髪を持つ美女だ。

彼女は三十代半ばほどだが、いまだ衰えぬ美貌に蠱惑的な肉体、匂い立つ気品があり、港にいる者たちの視線を浴びている。

少し恥ずかしそうに微笑んだ彼女の後ろからは、十歳ほどの皇太子、それより年下の男児に女児、乳母に抱きかかえられた男児と女児がいる。

その後ろにはステラの家族たちの顔も見えた。

「出迎えご苦労」

歓迎の音楽が流れる中、ランドルフは鷹揚にアイザックに頷いてみせた。

「我が陛下と妃殿下は王都にてお待ちです。それまでこのリーガンがお相手いたします」

頭を下げたアイザックに「いい」と言ったあと、ランドルフの視線がステラに向けられた。

「無事か、ステラ」

それまで皇帝として振る舞っていたランドルフの目が、〝従兄〟のものになる。

その温度差を鋭敏に察したステラは、懐かしい顔ぶれを前にしてクシャッと破顔し、皇帝に対して最大級の礼をしてみせた。

その時――、視界の端で何かがギラッと光った気がした。

「ステラァァァァァ!!」

突然、港にあった積み荷の陰から飛び出したのは、フードを深く被った男だ。

男は剣を構え、ステラに向かって一直線に走る。

あまりにとっさのことでほとんどの者が固まったまま、驚愕(きょうがく)しているだけだ。

そんな中、アイザックは瞬時に腰から剣を引き抜き、ステラを背にして男に対峙(たいじ)した。ランドルフも同様に剣を抜き、妻と子供の前に立ちはだかる。

ギィンッと硬質な音がしたかと思うと、アイザックが一撃にして男の剣を弾き飛ばしていた。

先日の刺客たちであれば、アイザックと切り結ぶ技量があったはずだ。それがこの刺客はあっけなく剣を弾き飛ばされ、違和感を覚える。

考える間もなくアイザックは電光石火で腰の裏から短剣を引き抜き、男の喉元に押し当てた。

「つあ！　……つぁ……」

男は喉元に突きつけられた短剣に怯み、たたらを踏む。

その隙を逃さず、アイザックは男の脚を払い、バランスを崩したところで腕を捻り上げた。

「あぐっ、あ！　痛いっ……痛い！」

地べたに顔を押しつけ、腕を背中側に回され、背中を踏まれた男はギャアギャアと喚く。

「ステラ、大丈夫か？」

こちらを振り向いたアイザックの問いに、ステラは激しく鳴る鼓動を抑え、「はい」としっかり頷いてみせた。

リドリアが剣の切っ先で男のフードを上げ、男の顔が露わになる。

「あ……っ」

現れた顔を見て、ステラは声を上げた。

七年経ち幾分顔つきが変わっているが、忌まわしい記憶にあるゾノその人だ。

彼の顔には無精髭が生えて目元にはクマができ、ギラギラとした目をしている。

よほど過酷な目に遭ったのか、元王族と思えない姿だ。

「ステラ……っ、ステラぁ！　僕のものになれ！　さもなくば死ね！　ぶっ」

一目で正気を失っているとわかるゾノはわけのわからないことを口走っていたが、アイザックに頭を踏まれて地面にキスをし、沈黙した。

「連行しろ」

アイザックに命令され、彼の部下がゾノを引っ立てていった。

まだ何か不穏なことを言いかけたので、ゾノの口には猿轡が噛まされている。

一瞬騒然とした港はまた落ち着きを取り戻し、妻子を守って剣を抜いたランドルフも、剣を鞘に戻した。

「大変失礼いたしました。急ぎ、港の安全を確認したあと、改めて皇帝陛下ご一行を歓迎いたします」

落ち着いたアイザックの声にランドルフは「わかった」と頷き、ステラはアイザックに抱き寄せられて息をついた。


ひとまずその日はカリガの領主の屋敷にランドルフたちが泊まり、ステラの両親や弟妹たちはアイザックの屋敷に泊まることとなった。

皇帝との話はゾノから話を聞き出してからということになり、アイザック立ち会いのもとステラは家族と久しぶりに過ごすことができた。

「それにしてもあなたの記憶が戻って本当によかったわ。閣下から事の経緯を手紙で知らされ、あなたのことはきちんと保護してあるからと書かれてあっても、心配だったもの」

ようやく落ち着いた母が苦笑いしながら紅茶を飲み、父は何度も礼を述べたのにまたアイザックに礼を言う。

「それもこれも、ステラが十二歳の頃からしっかり守ってくださっていた、閣下のお陰です。やっと輿入れということになり私たちも挙式に合わせてエインズワースに向かう予定でしたが、陛下に『しばし待て』とご命令をいただき、気を揉んでいました」

立場的に帝国のフローレス公爵家当主であるステラの父と、エインズワースのリーガン公爵家当主のアイザックは同等のはずだ。それでもステラの父はかつて片目を失ってでも娘を守ってくれたアイザックを尊敬し、心から信頼していた。

「本来なら私が大陸の港まで迎えに行くべきでした。帝国の艦隊とエインズワースの艦隊があれば、海賊など容易く撃退できたはずです」

「皇帝陛下が海を渡る際の護衛艦ならともかく、公爵家の娘一人の護衛は規模が小さくなってもおかしくありません。そこを狙われてしまったのは不運としか言いようがないでしょう。ステラが生き延びて閣下の元に辿り着いたのも、また運命なのかもしれません」

「そう言っていただけて幸いです」

静かに微笑んだアイザックは、リドリアが室内に入ってきたのを目にし、「失礼」と立ち上がった。

「先ほどの襲撃犯の尋問の準備ができたようです。私はこのまま仕事に向かいますから、どうぞ親子水入らずでお過ごしください。夕食には戻ります」

「アイザック様……」

不安げな顔になったステラに、アイザックは頷いてみせる。

「護衛はしっかりつけているから、安心しなさい」

「わかりました。お帰りをお待ちしています」

物わかりよく頷いたステラに小さく微笑んでから、アイザックは応接室を出ていった。


「ゾノの様子はどうだ？」

「最初は暴れていましたが、捕らえられていた奴(やつ)の父が帝国に自白し、残る者たちもすべて捕らえたと揺さぶりをかけたら、別人のように大人しくなりました」

廊下を進みながらリドリアと話をし、アイザックは冷徹な目で目の前の空間を睨む。

「その情報はどこから？」

「ランドルフ陛下がすぐに行動され、今収容所にいらっしゃいます。ランドルフ陛下は、今閣下はステラ様を宥めるのに忙しいはずだから、知らせるなとおっしゃいました。ですが閣下にお知らせしなければ、私が閣下にお小言を言われますから」

皇帝と自分の主である公爵に挟まれ、リドリアも大変な立場だ。

「あの方は……」

帝国の歴史の中でも一、二を競う賢帝の仕事の速さに舌を巻き、アイザックは表情を引き締めた。

「あの方だけに仕事をさせるわけにいかない。そもそも、エインズワースで起こった事件はこちらの管轄だ」

「はい。そのつもりです」

階段を下りきって玄関ホールまで行くと、その途中で何人もの部下と顔を合わせた。

「私たちはこの屋敷を留守にする。人数が多すぎると言われてもいいからしっかり守り抜け」

「はっ！」

屋敷を出る前に部下たちに声をかけ、アイザックはリドリアと共に馬に跨がり、カリガの収容所に向かった。

カリガは南から南東向きの斜面で構成されているが、収容所は西の麓にある。

アイザックはリドリアを伴って収容所に入った。

先日の襲撃があったあと、刺客たちは一人ずつ地下の牢屋に入れられている。その最奥に先ほどステラを狙ったゾノが入れられていた。

牢屋の前に椅子が置かれ、すでにそこにランドルフが座っている。

「陛下」

アイザックの声に皇帝はこちらを見て、ニヤッと人の悪い笑みを浮かべてみせた。

「あのままステラを慰めていればいいものを」

「これはエインズワースの管轄です。長い船旅でお暇だったのは理解しますが、どうかあまりお一人で行動されませんようお願いいたします」

「いいではないか。まぁ、座れ」

ランドルフに言われてアイザックも椅子に腰掛け、鉄格子の向こうにいるゾノを見やる。

簡素なベッドに腰掛けた彼は憔悴した様子で、壁に背中を預けたまま力なくこちらを見ている。

地下牢は等間隔に松明が燃やされ、空気穴から風が来て火が揺れる他、書記官がペンを走らせる音以外シンとしている。

他の刺客たちは自分を雇ったゾノが囚われたのを見て、彼がどう供述するかで自分たちの運命も決まるのだと察しているようだ。

「この者は帝国で父親が囚われた時、その場から逃げてエインズワースに密航したようだ。ステラの乗った船を襲った海賊は、父親の差し金だということは判明している。だがステラがエインズワースに渡ってからの情報は届いていないので、それをこの者に訊きたいと思っていた」

ランドルフにアイザックは今まで集めた情報を教える。

「ステラが目覚めたのは裏オークションだと言っていました。裏オークションを主催する組織に、この者は関与していなかったはずです。ですが主催者を捕らえて所持物を押収したあと、革袋一杯に入った帝国の通貨を見つけました。口を割らせたところ『あらかじめトリの商品――ステラを特定の客に買わせる予定だった』とのこと」

アイザックはステラをカリガで保護したあと、エイシャルに向かう道程で何度も部下から報告を受けていた。

捕まえた裏オークション主催者たちはカリガの収容所で部下に尋問させていた。アイザックたちがエイシャルに近づくほど距離ができるが、早馬を使えば報告を受けられる。

ステラのことは、最終的にアイザックが破格の値段で競り落とした。

だが競りの最中、アイザックに対抗してしつこくステラを競り落とそうとしていた者がいて、彼はその存在をずっと気にしていた。

その者について主催者たちを尋問していたところ、帝国の通貨を渡してきた男の風貌が、どうやらゾノに似ているらしいということが判明した。

ゾノは裏オークション会場に部下を突撃させたどさくさで逃げたらしく、見つからなかった。アイザックはゾノがその後もステラを狙っているかもしれないと思い、王都に着いても、しばらく屋敷の警備を強化して警戒していた。

今までのことについて思いを巡らせていると、牢屋の中からゾノが落ち窪んだ目で睨んできた。

「……お前さえいなければ、ステラは僕のものになっていたのに」

地の底から這うような声は、まるで怨嗟（えんさ）だ。

「ずっと思っていたが、なぜステラを狙う？」

アイザックの問いに、捨て鉢になったゾノが狂気を見せる笑みを浮かべ、口を割る。

「父上は皇帝陛下に、メイビスの独立を嘆願するおつもりだった。だが陛下は聞き入れてくださらない。そうなったら強硬手段を取らざるを得ないじゃないか。父上が白羽の矢を立てたのは、か弱くていい人質になりそうなステラだった。あの子を遠くから観察し、いつ誘拐できるか見守っているうちに、僕はあの子をとても気に入ってしまったんだ」

ゾノは四十代半ばほどの男だ。

アイザックとてステラと年の差があるのは自覚している。

だがゾノがステラを異性として見ていたと聞かされ、腸（はらわた）が煮えくり返る思いだ。

「ステラは私の婚約者だ。お前にはステラへの愛がない。ステラを幸せにしようという心がない。か弱い彼女を利用し、陛下を強請（ゆす）ろうという気持ちしかないだろう。それはただの執着だ」

感情を揺らすことなく告げるアイザックの態度が気に障ったのか、ゾノはユラリと体を起こして鉄格子の近くまで寄って吠える。

「お前のような片目を失った醜い男が、ステラの相手になどなるものか！　ステラは帝国の宮殿で育てられた砂糖菓子のような女性だ。僕のように優雅で気品に溢れた男が似合うに決まっている。お前のように剣を持って血の匂いがプンプンする野蛮人を、ステラが好きになるわけがないだろう！　僕が！　僕が華奢なあの子を押し倒して、大きなおっぱいに顔を埋めて犯しまくるんだ！　あの子に僕の子供をたくさん産ませて、メイビス再興の足がかりにさせてみせる！」

誰にも気づかれないほど小さく、ピクッとアイザックの唇が震えた。

ステラを侮辱された。

それが耐えがたい怒りになって、アイザックの理性をブチッと切る。

加え、ゾノはアイザックの劣等感も刺激し、踏みにじった。

アイザックは自分が血にまみれているのを自覚している。普段香水を纏っているのも、血臭を気にしての習慣だ。

一時は香水をつけすぎていた時もあった。だがルビーに「旦那様、香水が匂いすぎますよ」と注意されて以降、ほんのり香る程度に気をつけている。

香りで誤魔化しても、自分が多くの人間の命を奪った〝死神〟だという自覚はある。普段は何事にも動じない冷徹な性格として多くの人に認識されているが、その深層で、軍人であるという自覚はアイザックの心に影を落としていた。

自分が隻眼で醜いということもわかっている。

わかっているが――、こんな最低な男に侮辱されるのは我慢ならない。

「……ならば試してみるか？」

アイザックは音もなく立ち上がったかと思うと、ゾノの襟元を引っ張ってガンッと鉄格子に叩きつけた。

「いっ、いだいっ！」

「ステラを侮辱するな！　お前のようなウジ虫がその名を口にしていい女ではない」

言い捨ててから、アイザックは至近距離でゾノを睨んだ。

「私はステラを守るために片目を失った。ステラを守るためなら、片目ぐらい惜しくないと思ったからだ。今この場でお前が片目をほじられてもなお、ステラへの〝愛〟を叫ぶなら、その気持ち、多少は認めてやろう」

そう言ってアイザックは左手でゾノの襟元を摑んだまま、右手で腰の裏にある短剣を引き抜いた。

「ひっ……、人殺し！　やめろ！　僕は公爵家の人間だぞ！」

「みっともなく喚くな。それとも何か？　お前の言う〝優雅で気品に溢れた男〟なら、片目を失うことなくステラを守れるのか？」

アイザックは片手で短剣をもてあそび、ゾノの鼻や顎にピタピタと刀身を当てる。

そして、冷えきった声で告げた。

「――いいか。お前の言う通り私は人殺しだ。軟弱なお前が想像できないほど戦場に立ち、多くの命を奪った。だが私には人の命を奪った分だけ、自分は最後まで図太く生きてみせるという覚悟がある。愛する女を守って自分の幸せを果たすためなら、どんな汚い手でも使ってみせる」

アイザックの凄まじい気迫を見せつけられ、ゾノはゴクッと唾を飲み込む。

「お前は自分が歩んできた人生の中で、蹴落としたり殺したり、己の道の〝陰〟になった者たちに恥じない生き方ができるのか？　その覚悟はあるのか？」

至近距離でアイザックの怒りに満ちた隻眼を目にし、ゾノはガクガクと震え出す。

その様子はまるで、狼(おおかみ)を前にした小動物のようだ。

「それにステラはお前が思っているような、可愛いだけの女ではない。彼女は軍人の妻になる覚悟を持った、強い女だ。そんなことすら見抜けないまま、人の婚約者の名を馴れ馴れしく連呼するな」

最後にもう一度ゾノの体を鉄格子に叩きつけ、アイザックは手を離した。

牢屋の中で情けなく倒れ伏したゾノは、怯えきった目でアイザックを見上げる。

そして「ひぃっ」と悲鳴を上げて両手両足で奥のほうへ移動すると、ベッドに上がって薄い毛布を体に巻きつけた。

後ろでクックック……と笑い声がしたかと思うと、ランドルフが苦笑している。

「〝死神元帥〟も怒髪天を衝く……か」

「陛下」

「そう怖い顔をするな。お前の人間らしい面を見られて、やっと安心したところだ」

ランドルフに言われ、アイザックはずっと自分がステラやガラナディン皇室の人間に対して、軍人としての顔しか見せていなかったことに気づいた。

「今、お前が素の顔を見せて怒った姿を見て、心からステラを愛してくれているのだとわかった。これからの結婚式で、心からお前たちを祝福してやれそうだ」

「……らしくなく動揺し、お恥ずかしい限りです」

「気にするな。……それでその者は、裏オークションでステラを自分のものにできず、かと言ってエイシャルのリーガン邸はあまりに警備が強固で、ずっと機会を窺っていたということで違いないな？　それでカリガに移動したタイミングで、もう一度襲ってきた……と」

また状況確認に戻ったランドルフの言葉を聞き、アイザックはいつもの冷静な自分に戻る。

「とはいえ、あの状況下で襲ってくるのは正常な判断とは思えません。身なりもズタボロです。恐らく私とステラがカリガからエイシャルに向かう途中、追っ手の中にこの者もいたのでしょう。そして返り討ちに遭い、どこかで静養していた。うちの部下たちは精鋭揃いですから、よほど恐ろしい目に遭ったと思われます。その過程で精神の均衡を崩したとしても、おかしくない話です」

ゾノのこれまでの足跡がわかり、ランドルフは「よし」と立ち上がった。

「しばらくここの牢を借りておく。旧メイビス領は現在は帝国の領土だ。そこ出身の者が起こした不祥事は、帝国側に責任がある。我々のエインズワースでの用事が終わるまでここに留置し、我々の帰国と共に本国に連れ帰る。その後の沙汰はこちらに任せてほしい」

ランドルフに言われ、アイザックは頷く。

「承知いたしました。それまでにエインズワース側で、この者たちが起こした犯罪被害をまとめておきます。場合によっては帝国に賠償を求めることになるかもしれませんが、ゾノを連れ帰るというのなら、それも承知の上ですね？」

一筋縄ではいかないアイザックの言葉に、ランドルフはニヤッと笑ってみせた。

「そのつもりだ。……さて、そうと決まったら、この薄暗い場所を出るとしよう。我が妻と子供の顔が見たくなった」

先導するアイザックの部下を先頭に、ランドルフ、アイザック、リドリアは地上に出る。

「この件についてあとは事務作業のみだ。それとは別件で、結婚式の準備はどうなっている？　私は可愛い従妹の花嫁姿を見るつもりで、エインズワースに来たのだが」

建物の外に出て馬に跨がったランドルフに言われ、アイザックはそつなく答える。

「屋敷にステラを置いている間、ドレスをプレゼントするという名目で体の寸法を測ってあります。サイズが変わっていないのを確認して、あらかじめ決まっていたデザインのもと、製作は進めてあります」

「さすが無駄なく動くな」

港街の潮風を心地よく受け、アイザックたちは馬を早足で歩かせる。

「さて、残る時間は各々大切な者と過ごし、明日改めてステラの無事を祝おう。そしてエイシャルに向かい、エインズワースの国王陛下にお会いしなくては。忙しいぞ」

「はい」

大きな山を越したのを感じ、アイザックは無性にステラを抱き締めたい心地に駆られた。

(だがそれもあともう少し。結婚式を挙げ、初夜で正式に彼女を抱けるまで我慢しよう)

自分に言い聞かせ、アイザックは屋敷に戻ってからのことを考え始めた。

＊＊

一行が王都エイシャルに到着したあと、王宮では正式に皇帝ランドルフを迎えた歓迎パーティーが行われた。

本来ならステラがエインズワースに船で渡り、その一か月後に挙式する予定だった。

だが諸々の事情で予定は一か月半ほどずれてしまい、招待客も予定を変えていた。

ランドルフたちがエインズワース入りをしたあと、大陸各国から貴族たちがカリガに船を寄せ、王都を目指す。

やがてエイシャルは連日お祭り騒ぎになり、街も商売が繁盛して経済に活気が出る。

王宮や迎賓館で国王や王妃たちが各国の貴族たちと挨拶をしている傍ら、ステラはドレスの最終調整に立ち会ったり、アイザックと大聖堂で結婚式の予行練習をしたりで忙しい思いをしていた。


そして空高く秋晴れの美しいよき日、ステラは父にエスコートされて大聖堂のヴァージンロードを緊張した面持ちで歩いていた。

パイプオルガンの音色が高い天井まで鳴り響く中、左右のベンチに参列者が大勢座って新婦であるステラを見ている。

七色のステンドグラスから差し込む光に包まれ、後光を放っているかのように見えるアイザックは、祭壇前で黒い軍服に身を包みこちらを見守ってくれていた。

母からヴェールダウンをされ、耳の上に清純さを表す白百合の髪飾りをつけたステラは、頭上にマリアリーシャから贈られたダイヤモンドと真珠のティアラをつけている。

その首、耳、手首には同じデザインのアクセサリーがあり、光沢のあるシルクのウェディングドレスを身に纏ったステラを、より品よく見せていた。

揃いの指輪もあるのだが、それは儀礼に則り式が終わったあとにつける予定だ。

ドレスは裾を引きずる形で、純白という色も相まって神々しさすら窺わせる。

一歩ずつ家族や周囲の人々に対する感謝を込めて歩き、やがてステラは新郎であるアイザックの隣に立った。

司祭が挨拶をし、全員で聖歌を歌う。

幸いなことにエインズワースと帝国は主な宗派が同じで、ステラは不安を抱かず結婚することができる。

隣に立っているアイザックは、普段なら歌を歌うという性格ではないが、今ばかりは艶やかな声で美しいテノールを聞かせてくれていた。

彼はなかなか歌ってくれないだろうから、ステラは耳を澄まして一生その歌声を覚えていようと思うのだった。

式は進み、やがて誓いのキスとなる。

膝を折って少し頭を下げると、アイザックがステラのヴェールを上げた。顔を上げるとリーガン家の紋章が刺繍された眼帯をつけた彼と目が合い、少しだけ微笑み合う。

彼は結婚式ということで前髪を軽く撫でつけているので、今日は一際その美貌が際立っている。

ドクッドクッと高鳴る鼓動を宥め、ステラは目を閉じて上を向いた。

ほんの少し間があり、どうやらアイザックはステラの顔を見つめているようだった。

けれどそれは一瞬のことで、頬に手が当てられたかと思うと、フワッと唇に柔らかなものが重なった。

今まで何度も口づけた唇より、今日のそれは一際愛しく思える。

(そしてこれからはもっと、キスをするたびにアイザック様を好きになってゆくのだわ)

胸から溢れるほどの歓喜を覚えながら目を開くと、この上なく愛しそうな目をしたアイザックの瞳と視線がぶつかった。

「それでは、指輪の交換を」

司祭が二人を祝福したあと、リングピローに乗った結婚指輪に聖水をかける。

そしてアイザックは司祭から指輪を受け取り、ステラの左手の薬指にエインズワースの金鉱で採れた純金から作られた指輪を嵌めた。

同様にステラもアイザックの指に、誓いの指輪を嵌める。

その瞬間、ゾクゾクッと全身に歓喜が巡った。

誰にも飼い慣らせない孤高の狼のようなアイザックを、ステラだけが誓約の指輪で独占することができるのだ。

（なんて甘美な契約なのかしら）

幸せに打ち震えてステラは目元に涙を光らせ、締めくくりの聖歌を心を込めて歌った。

再びパイプオルガンが荘厳に鳴り響き、二人は色とりどりの花びらがまかれる中、ヴァージンロードを歩いて退場していく。

大聖堂の回廊にはアイザックの部下である軍人たちも正装して直立不動で並び、自分たちの主の晴れの日に立ち会っていた。の主の晴れの日に立ち会っていた。

もともと、アイザックの父は国王の従弟である。

産後の肥立ちが悪く体の弱かった母が亡くなり、アイザックは退役軍人やその家族である使用人たちに囲まれて過ごした。父は公爵の責務を果たし、彼を跡継ぎにすべく時に厳しく育てた。その父も、数年前に風邪をこじらせて亡くなってしまった。そしてアイザックがリーガン家の当主となった。

国王の近親という立場なので、彼の結婚式の祝宴は王宮の大広間や庭を開放し、大々的に行われた。

ステラはひっきりなしに挨拶に来る貴族たちに笑顔を返し、儀礼に則った挨拶や言葉を何度も繰り返した。

目の前にはテーブルから溢れるほどのご馳走があるというのに、先ほどから喉を湿らせるためのワインを少ししか飲んでいない。

だが「これは一生に一度のことだから」と思い、挨拶に来たすべての人ににこやかに対応した。それもこれも、本心は「アイザック様の〝いい妻〟と思われたい」という気持ちによる。

これからは自分がリーガン家の女主人になる。

アイザックが家を空けている間は、ステラがしっかりしなくてはいけない。

そのために挨拶をしてくれた者たちの名前と顔をしっかり覚え、今後必要となるかもしれない人脈を築いていかなければという考えもあった。

自分がきちんとしていれば、アイザックの評判も上がるだろうと読んでいた。

やがて一通り挨拶が終わったあと、エインズワース王妃がマリアリーシャを伴ってステラのところにやってきた。

「疲れたかしら？」

美貌の王妃に柔和に微笑まれ、ステラは一息ついた気持ちを引き締める。

「妃殿下。それにお姉様……ガラナディン妃殿下も」

立ち上がってドレスのスカートを摘まみ挨拶をすると、「疲れただろうから、座っていてちょうだい」と肩を押されて座らされてしまった。

王妃についていた者がすぐに二人のための椅子を用意し、会話が始まった。

まず口を開いたのはマリアリーシャだ。

「ステラ、ごめんなさい。私があなたにティアラや手紙を渡してしまったため、海で事故に遭った上に、さらに大変な思いをさせてしまいました。あのジュエリーボックスを、あなたは守り抜いてくれたのですね」

マリアリーシャに謝られ、ステラは「謝らないでください。当たり前のことです」と微笑む。

その時、隣の席からアイザックが立ち上がり、会話に交じった。

「ご婦人たちの会話に口を挟み、失礼。ガラナディン妃殿下、恐れながらステラに託した手紙とは？ 彼女はとても大切にしていたようで、私も両国の親交に関わることなのかずっと気がかりでした」

まさにそのことを言われ、マリアリーシャは苦く笑った。

「特に大切な用事ではなかったのです。私の大切なステラが海を越えたエインズワースに嫁ぎますから、どうぞそちらで歓迎してあげてください、という旨でした」

マリアリーシャの言葉に、王妃も苦笑しながら頷く。

「言われずとも両国の橋渡しをする大切な姫君ですから、私はステラを歓迎するつもりでした。言うなればマリアリーシャ殿下の〝お心遣い〟の手紙であったのに、中身を知らないステラは大役を命じられたと思ってしまったのでしょうね」

「その通りです。お恥ずかしいですわ……」

ステラは照れ笑いをし、なおも謝ろうとしたマリアリーシャに小さく首を横に振った。

「私はこうして無事に記憶を取り戻し、アイザック様と式を挙げられました。過去のことをとやかく言っても何も変わりません。もし何かお気遣いをくださるのなら、どうぞ今後の私たちを見守っていてください」

前向きなステラの発言に、全員が微笑した。

「私の花嫁の言う通りです。妃殿下たち、どうぞよろしくお願いいたします」

そう言ってアイザックは二人の前で花嫁の額にキスを落とす。

皇妃と王妃はそんな二人を微笑ましく見守った。

＊＊

「ルビーはこれからも一緒にいてくれるの？」

初夜を迎えるにあたってルビーや他の侍女たちに風呂を手伝われ、体に念入りにバラの香りがする香油を揉み込まれ、髪にも同じく香油をすり込まれる。

ステラに純白の寝衣を着せていたルビーは、主に問われて頼もしく笑ってみせた。

「当然です。私の主は旦那様ですし、直接お仕えするのはステラ様です。おっと、奥様、ですね。護衛としてこれからも末永くよろしくお願いします」

盛大な結婚式を挙げて疲れたステラに、〝日常〟の化身であるルビーの存在はありがたい。

「さしあたって、初夜をお励みください」

耳元で囁かれ、ステラは真っ赤になる。

「改めて初夜となると恥ずかしいわ」

「だーいじょうぶです。ステラ様は以前にあんな大胆なランジェリーで、自ら攻め入ったではないですか。あれで旦那様の鼻っ柱を先制パンチでへし折ったのですから、あとは攻めて攻めまくるのみです」

色恋の話をしているというのに、ルビーのアドバイスはどこか戦術的だ。

だがいつものように明るいルビーに救われ、ステラはクスクスと笑って心を解きほぐされていた。

「ありがとう、ルビー」

微笑み合ったあと、ステラはアイザックが待つ寝室に向かった。

「お待たせ……しました」

人払いをしたので寝室の中には他に誰もいない。続き部屋にも人気はなく、廊下に見張りと侍女たちが立っているのみだろう。

夜の室内を照らす何本もの蠟燭の明かりは、ステラの影を揺らし、まるで彼女の心情を表しているかのようだ。

「ステラ、こちらにおいで」

すでに寝台にいるアイザックに手招きをされ、ステラは寝台に膝を乗せ、彼の隣に座った。

「私の可愛い花嫁にキスをさせてくれ」

優しい目で言われ、ステラはアイザックの肩にもたれかかり、彼のほうを向いて目を閉じた。

すぐに柔らかい唇が訪れ、ステラの唇を啄んでゆく。

「ん……、ん……、ふ、……ぅ」

ちゅ、ちゅむ、と可愛らしい口づけが続き、ステラは甘い吐息をつく。

すぐ深くなるかと思ったキスは一旦終わり、不思議に思って目を開いた時、ステラは優しく押し倒された。

「あ……っ」

柔らかな寝台の上とはいえ、アイザックは彼女がどこかに頭をぶつけないよう、きちんと後頭部と背中に手を差し入れている。

横たわったステラを見てアイザックは口元で「私のものだ」と呟いた。

聞こえてしまったステラは、嬉しさのあまり赤面して少しにやついてしまう。

「なんだ？　可愛い顔をして」

「いいえ、なんでもありません」

頬を手の甲でスリスリと撫でられ、ステラはアイザックに微笑んでみせる。

「……君には申し訳ないことをした」

ガウンを脱いで見事な上半身を晒し、アイザックはステラの手の甲にキスをしてきた。

「申し訳ないこと……とは？」

今までの経緯を振り返って、アイザックが自責するだろう点はいくつか心当たりがある。けれどそのどれについても彼は謝ってくれたし、すべてメイビスの者たちの悪事が原因なので、アイザックに責任があると思っていない。

だから今になって彼がしみじみ口にする内容が、よくわからなかった。

「君の初めてを、婚前に奪ってしまった。本来なら君のような身分の高い淑女は、処女性を大切にしているはずだ。結婚するつもりで君と過ごしていたとはいえ、私は君の魅力に負けて容易く手を出してしまった」

（あぁ……そのこと……）

ぽつん、と胸に納得が落ち、微笑みと共に安堵と喜びが波紋のように広がってゆく。

「最初にアイザック様を誘惑したのは私です。あのランジェリーを身に纏って誘惑したんですもの。逆に断られて手を出されなければ、立つ瀬がありませんでした」

そしてつい先ほど、ルビーに励まされた言葉を思い出す。

（恋は戦いだわ。駆け引きなんてしなくても精一杯で、少しボタンをかけ違えてしまうとお互い苦しさが募る。どれだけ昔から結婚を約束していたとしても、思ったことをまっすぐに伝えなければ、気持ちがすれ違ってしまう。攻めて、攻めて、『好き』の気持ちを伝えなければ）

「私は、アイザック様をお慕いしています。記憶がなかった頃からずっと。ですから、愛している方に抱いていただいたのに、謝罪を要求したりしません」

胸の内を伝え、ステラはアイザックの手を握ると自分の胸に押しつける。

トクン、トクンと鼓動を打つそこから、自分の本心が少しでも伝われば……と思いながら。

アイザックは一瞬驚いたように隻眼を見開いたが、やがて諦めたように微笑んだ。

「わかった」

そしてステラに覆い被さってきたアイザックは、また優しいキスをしてくる。

ステラのネグリジェは体の中心で左右に分かれるようになっていて、そこにいくつかのリボンがついているものだった。

その結び目をアイザックは丁寧にほどき、少しずつ露わになる肌に触れては愛しげに撫で回す。

やがてフルンと柔らかな乳房が現れ、アイザックは手全体で撫でるようにして、指と指の間に乳首を引っかけ尖らせてくる。

「ん……っ」

彼に抱かれるようになり、ステラの体も女性として花開いた。

今まで着替えや湯浴みで手伝われる際に触れられてもなんとも思わなかった場所が、アイザックにだけ淫らに反応するのだ。

(嬉しい……)

それを女の悦びだと思い、ステラは恍惚とした表情になっていた。

ドロワーズも脱がされ、ネグリジェも袖から腕を抜き、ステラは一糸纏わぬ姿になる。

「あの……、アイザック様。一つお願いをしてもいいですか？」

「なんだ？」

これから初夜が始まるに至り、ステラは前々から思っていたことを口にした。

「アイザック様の、右目を見せてください。今日は記念すべき初夜ですから、ありのままのあなたに愛されたいのです」

そう言われ、アイザックは少なからず動揺したように見えた。

「しかし……。この下には醜い傷がついていて、君を怖がらせるだろう」

「そのままのあなたが見たいのです。私を庇って受けた傷ならなおさら。私の夫となる方の、すべてを見せてください」

「……わかった」

アイザックは頷き、後頭部で縛っていた紐を解いた。

リーガン家の家紋が描かれた眼帯が外れ、その下にある傷跡やひきつれた皮膚が露わになる。細く開かれた目はまったく見えていないようで、白目の部分は真っ赤に充血していた。

「私の……アイザック様。私の、傷」

起き上がったステラは、そっと指先でアイザックの傷跡に触れる。

ステラに傷跡を触られ、アイザックはビクッと震えた。

「痛いですか？」

「……いや。大丈夫だ」

掠れた声で言う彼の返事に安堵し、ステラは労り（いたわ）の目でアイザックの傷跡を見て、何度も触れる。そして優しく唇を押しつけた。

「――――っ」

アイザックの体がまた震えたかと思うと、ステラの腹部にグッと押しつけられる硬いモノがある。驚いて下を見ると、トラウザーズの股間を盛り上げる男性の象徴が、この上なく漲（みなぎ）っていた。

「……アイザック……様？」

傷跡とは痛い場所であり、性的に興奮するものではないので、ステラは若干困惑する。

そんなステラに対し、アイザックは珍しくサッと赤面して目を逸らすと、ボソボソと理由を話した。

「私は自分のこの傷跡を恥部だと思っている。君を守った証として表向き誇りに思っても、傷を受けたということは軍人として弱い証拠でもある。……その私の恥の最たる場所に口づけを受けて……、つい、なんとも言えない気分になってしまった」

「まぁ」

アイザックの本心を聞き、ステラの心に悦びが走る。

完璧で弱点などないと思っていたアイザックが、己の恥部であると言い、そこに触れられるのを性的に感じると言ったのだ。

——嬉しい。

沸き起こる気持ちに本来どのような名前をつけるべきか、ステラはわからない。

愛する男性の弱点を知って愉悦を得るなど、普通の女性ならあり得ないだろう。けれど、アイザックの弱点を知って初めて、ステラは完全に彼を自分のものにできたと思った。

「アイザック様。……あなたも、あなたの傷も、すべて私のものです」

膝立ちになった体勢でステラは何度もアイザックの傷跡に口づけ、舌を出して舐める。

そのたびにアイザックが腰を震わせ、男根を硬くさせるのを感じて、ステラもどんどん高まっていった。

「……まったく私の妻は……」

苦笑したアイザックは両手でステラの背中を撫で、ツゥッと中心の窪みをなぞり下ろす。

「ん……っ」

反射的に腰を反らしたステラの尻たぶを両手で揉んでから、アイザックは片手を前に回して彼女の和毛に触れた。

「あ……」

唇を離したステラの首筋にアイザックが吸いつき、まだ柔らかい肉芽を指先で捏ねながら、首から鎖骨、胸元へとキスマークをつけていく。

「ん、ぁ、……あっ」

いつもよりアイザックの唇が熱い気がする。

秘部をまさぐる指は少し性急で、綻んでいる程度の秘唇を割り開いて中の蜜を暴き、かき混ぜてくる。

けれど興奮したステラの体は蜜を増し、すぐにクチュクチュと濡れた音が寝室に響く。

「あっ、……あんっ、んー……、ぁ、あ……っ」

つぬぅ、と指が蜜口に入ったかと思うと、浅い場所を何度も抜き差しされて、ステラはアイザックにしがみついた。

彼の唇はステラの乳首を吸い、口内で舐め回し唾液を擦りつける。

「んふ、――ん、あぁっ、あ……っ、あ」

悩ましい声を上げ、ステラは両手でアイザックの髪をかき混ぜ、しなやかな背中に触れる。

指先で肌に刻まれた傷を辿ると、アイザックが微かに体を震わせた。

(この方の恥部に、私はいま触れている。前と違って、触れることが許されている)

今までにない〝特別〟を感じ、幸福感を得ると同時に、いつもより感度が何十倍も増している気がする。

グプッと蜜が溢れてアイザックの指どころか手までも濡らし、その淫靡な水音にステラ自身も興奮した。

「んっ、んぅっ、あっ、アイザック様ぁ……っ」

知らずとステラは腰を揺らし、自ら彼の指に秘部を押しつける。

夫婦となって初めての夜に、ステラは体が燃え立つような興奮を覚え、夢中になってアイザックの寵愛を欲していた。

「んぁあ……っ！　あっ、ん、……んぅ……っ、ぁ、は……っ」

蜜を纏わせた親指で膨らんだ肉芽を捏ねられ、ステラはビクビクッと体を震わせてアイザックの肩に指を食い込ませる。

アイザックの口に含まれた乳首は、滑らかな舌に何度も舐められ、唾液を擦りつけられてステラに甘美な淫悦を知らせてくる。

もう片方の乳房も大きな手に捏ねられ、指先で乳首をクリクリと紙縒られる。

「ぅん……っ、あ、あ……っ」

夫婦になれてアイザックのすべてを得られたという精神的な歓喜が、今ステラの体をより敏感にさせていた。

「あ！　は、ぅ……っ、うぅ……っ、う、あぁあぁぁ……っ！」

グプッグプッと蜜壺をかき混ぜられているうちに、ステラは激しく体を震わせたあと迫りくる波濤に耐えきれず自身を解放した。

「あんっ、ん……っ！」

小さな孔からプシュッと愛潮を漏らし、ステラは涎を垂らして呆けた顔で絶頂する。なおも内側の好い場所を指の腹で何度も擦られ、濡れそぼった肉襞をトントンと打たれて体が痙攣する。

「はぁ……っ、う、うぅ……っあ！」

達しているというのにさらに攻め立てられ、ステラは涙を流して喘ぎ狂う。蜜はとめどなく溢れ、アイザックの手を伝ってシーツに染みを作っていた。

乳首が強く吸引され、くぷっとアイザックの口の中に乳首の根元の肉まで含まれる。そのまま乳房に軽く歯を立てられて、口内でレロレロと舐め回されては堪らなかった。

「ぅんっ、は、ぁああ……っ、あぁあああ……、ぁー……っ」

ステラは涙を流しながらアイザックの頭部に抱きつき、さらにピュクッと蜜孔から濃い蜜を溢れさせる。

ぐったりと脱力して抵抗できなくなった頃になり、やっとアイザックは体を解放してくれた。

アイザックはトラウザーズを脱いで素肌を晒し、ステラの脚を抱え上げると先端を蜜口に宛てがった。

「もう……いいか？　我慢できない」

余裕のない顔で尋ねられ、ステラはコクンと頷く。

「はい……。私も……、ほ、ほしい……、です」

ハァハァと呼吸を乱しながらも、瞳と唇を濡らしたステラは懸命に夫に訴えた。

「……っ、君って人は……」

素直な言葉を聞いてアイザックは余計昂ぶったのか、肉竿に手を添え、すぐに先端を押し込んできた。

「うん……っ、あ、…………あぁ……」

大きく硬い亀頭を押し込まれ、蜜口が引き伸ばされる感覚にステラは一瞬唇を引き結ぶ。が、自らの唇を舐めて口を開くと、なるべくゆっくり呼吸をして体の力を抜き、彼が挿入しやすいよう努力した。

「ステラ……、気持ちいい……」

アイザックはゴクリと喉を鳴らし、陶酔しきった顔でさらに腰を進める。

「あ……、ん……ン、あぁ……、ぁ……」

太竿をズブズブと押し込まれ、蜜壺がこれ以上ないほど引き伸ばされて圧迫感を覚える。

ステラは緊張して強張りそうな体を懸命に脱力させ、ふーっ、ふーっと息を吐いて彼を受け入れた。

剛直が蜜壺に馴染むまで、アイザックはステラの大ぶりな乳房を揉み、指でクリクリと乳首を弄ってくる。

「あ……ん、ぁ……っ、んぅ、ん……」

幸せな心地でアイザックに微笑みかけたが、その笑顔がアイザックの理性を奪ったようだった。

「ステラ……っ」

我慢できない、とアイザックは腰を打ちつけ始め、グチュッグチュッと濡れた音がし始める。

「あぁっ、あん、ン……っ、ん、ぁー……あ、あ……っ、んん、ぁ」

トントンと硬い亀頭で子宮口近くを押し上げられ、すぐにステラは体を熱くさせ脳髄を蕩けさせる。

知らずと自ら拙く腰を揺らしてしまい、両手をアイザックに差し出した。

「アイザック様……っ、もっと……ください……っ」

欲望にまみれた目で夫を見つめ、ステラは微笑みかける。

「あぁ……、私の妻ときたら……っ」

アイザックはステラに覆い被さり、顔の両側に手をつく。そして噛みつくようなキスをし、ぬちっぬちっとステラを穿った。

「んっ、ふぅ、……う、――ん、……ん、ぅ」

ステラはアイザックの首に両腕を回し、彼の情熱に呑まれて自らも積極的に舌を絡めた。ぬめらかで温かい舌で舐め合い、彼の唾液を嚥下する。

律動に合わせて腰を突き上げ、本能のままにアイザックを求めた。

――気持ちいい。

鼻腔に入り込む彼の香りは、いつものように微かな甘さがあり官能的だ。それを思いきり吸い込み、ステラは彼を抱き締めた。

ずんっずんっと体の奥深くまで突き上げられ、そのたびに名状しがたい愉悦がこみ上げる。悦びの声が唇から迸りそうなのに、甘美なキスで塞がれて声にならない。

その〝支配されている〟という被虐心が、またステラを燃え立たせていた。

やがてステラは根元が痺れるほどきつく舌を吸われ、最奥までアイザックの亀頭を迎え入れた状態で絶頂を迎えた。

「んぅぅぅぅーっ！」

どこもかしこも、自由にならない。

筋肉質な体に押し潰されそうな感覚を得たまま、ステラは被虐心にまみれて彼を締めつけ、快楽を解放した。

ふわっと意識が白くなりかけたかと思うと、ステラの絶頂を感じたアイザックが、腰を押しつけたままグリグリと最奥をいじめてくる。

「んーっ!!　んぅぅぅぅぅ……っ！」

気持ちよくて辛いほどなのに、ステラは本能で両脚をアイザックの腰に絡めて痙攣した。

絶頂の余韻がまだあるというのに、アイザックはステラを抱きかかえ、体を起こす。

自身の腰に座らせるような体位になったまま、アイザックは下からズグズグと突き上げてくる。

「んーっ、ぁ、あぁあ……っ、アイザック様ぁ……っ、ぁ……っ」

長いキスが終わって唇をてらりと濡らしたステラは、蕩けきった顔で夫の名前を呼んだ。

「ステラ、愛してる」

アイザックはステラを見つめて微笑み、心からの告白をしてきた。

そして目の前にある彼女の胸の谷間に顔を埋め、歯を立ててキスマークをつけてくる。

「んぅ……っ、あ、――――ぁっ」

痛みを刻みつけられているというのに、アイザックから所有印をつけられたと思うだけで、ステラははしたなく濡らす。

蜜壺はわなないてアイザックの雄芯を締めつけ、奥へ奥へと呑み込もうとしていた。

汗みずくになった肌にプラチナブロンドを張りつかせ、ステラは息を荒らげて夫の名を呼ぶ。

「あぁあっ、んっ、アイ、――ザック、さ、ま……っ、今日は……っ」

ゴクッと唾を嚥下しつつ彼に〝おねだり〟をするステラに、アイザックは「ん?」と顔にかかった自分の髪をかき上げつつ尋ねる。

「今日は……っ、ぁ、その……っ、な、なかにくださいませ……っ」

今までアイザックに抱かれたことはあっても、彼はステラの膣内に射精しようとしなかった。

激しく彼を欲している身としては、いつもそれがどこか寂しかったのだ。

だから正式に結婚した今夜こそ、この身の奥に彼の子種を注いでほしいと強く願っていた。

「……ステラ……」

積極的なステラに毒気を抜かれたアイザックの動きが、少し鈍くなる。

はしたないと承知の上で、ステラは彼の両肩に手を載せ、自ら腰を上下させた。

「あっ、……あなたのっ、子供がほしいのです……っ。わ、私のお腹の奥に……っ、赤ちゃんの種をください……っ」

全身の血という血が、顔に集まったのではないかというほど赤面している。

それでもステラは必死に夫の愛を乞うていた。

自分の気持ちが伝わればいいと、アイザックの目を潤んだ目で見つめたまま、ステラは一心不乱に腰を上下させる。

「き、気持ちいい……っ、ですか……っ？」

夫を気持ちよくさせようと、彼の腰の動きを思い出し、ステラは最奥まで彼の剛直を呑み込み、下腹に力を入れて腰を揺らす。

「っひあぁああ……っ」

アイザックに気持ちよくなってほしいのに、自分が気持ちよくなってしまい、ステラは情けなくて泣きながら喘ぐ。

「っ君は……っ」

アイザックはステラを抱き締めて再び寝台に押し倒し、一度ジュボッと屹立を引き抜いた。

「んぁんっ」

中で吐精してほしいと望んでいるステラは物ほしげな声を出す。

だがアイザックの手が乱暴なまでにステラの尻たぶを掴み、蜜口に肉棒をねじ込んできた。

また入れてもらえるのだと思ったステラは、嬉しさのあまり笑顔で彼を迎え入れる。

横臥（おうが）した体勢で向かい合わせに挿入され、片脚を抱え上げられた姿勢でジュボジュボと抜き差しされる。

「んーっ、んぅ、ン……っ」

再び唇を奪われて、快楽の声を上げるステラの乳房は、激しい律動に合わせて魅惑的に揺れていた。その大きさゆえに、アイザックの胸板に尖った乳首が擦れてしまう。

そのたびにステラは掻痒感にも似た気持ちよさを味わい、さらに蜜を溢れさせる。

「ステラ……っ」

体の内で激しく燃え狂う衝動を抑えきれず、アイザックは彼女を押し倒して遮二無二腰を動かす。

ズチュズチュと激しい音を立てて腰をグラインドさせ、そのたびにステラの子宮口は硬い亀頭に押し上げられて意識が飛ぶほどの愉悦を伝えてきた。

「ひあぁああ……っ、あぁあ、あーっ！」

アイザックの下腹に擦られ、ぷっくりと充血したステラの肉芽が押し潰される。

「だめっ、だめっ、ぁ、達っちゃ、────あ、あぁあぁーっ！」

つま先にギュッと力を入れ、ステラは大きく目を見開いたあと、全身が白い炎に包まれたかのような錯覚を覚えながら絶頂した。

自分が叫んでいるのかすらわからず、あまりに深い随喜にまみれて恐怖すら覚える。

愛しい人の名前を呼んだつもりだが、届いているのかわからない。

真っ白な波間で体が揉みくちゃにされていたかと思っていたが、ステラの両手を力強い手が握りしめてきた。

——あ。……アイザック様の手……。

安堵してその手を握り返した直後、ステラの意識は現実に戻る。

「ステラッ」

汗まみれになったアイザックが喉の奥から妻の名前を呼び、ポタポタと汗の雫を滴らせながら胴震いした。

ステラの膣内で彼の肉棒が大きく膨らんだかと思うと、激しく震えて欲の化身を吐き出す。

ビューッと子宮を塗り潰す勢いで発射された白濁を、ステラはお腹の奥がじわっと温かくなる感覚で受け止めた。

(出てる……。アイザック様の……いっぱい……)

彼は食いしばった歯の間からうなり声を漏らし、さらに二度、三度と腰を叩きつける。

脱力して動けないステラの上に、ズシッとアイザックの重みがかかり、彼女は幸せのまま彼を抱き締めた。

(子に恵まれますように……)

陶酔しきった頭でそう祈りながら、ステラは心地よい疲れの中、意識を手放した。

終章　死神元帥の執着

二十三歳の時、アイザックは父から婚約の話を持ち出された。

断ることのできない縁談で、相手を聞けば大陸にある帝国ガラナディンの公爵令嬢だという。

もとより色恋とは縁遠い生活と性格をしていたため、自分で女性を選ぶ手間がかからないのなら、決められた婚約でいいと思っていた。

戦災孤児として父が大陸から連れ帰ったルビーという少女は妹分のような存在で、彼女いわくアイザックは「朴念仁」で「無骨者の鈍感」らしかった。

ルビーが言うにはアイザックに憧れる貴族の女性たちがいるという話だが、彼自身はまったくそのような視線を感じない。

女性にはほぼ興味を持たず、将来家督を継ぐために勉強をし成人してからは軍部の仕事に明け暮れ、必要最低限の人づき合いをしているうちに二十三歳になっていた。

そろそろ結婚を意識する年齢でもあったので、縁談は丁度いい話だった。

そして婚約者に挨拶をしに、彼は船に乗って大陸に向かった。


「初めてお目にかかります。アイザック様。フローレス公爵家が長女、ステラと申します」

ドレスを摘まんでちょこんとお辞儀をしたのは、まだ十二歳の子供だった。

(帝国とエインズワースの政略結婚に利用されたのか。気の毒に)

アイザックは憐憫の感情を抱きながらも、儀礼に則り丁寧に自分も名を名乗った。

ステラは真っ白な肌に、白に近い白金の髪を持っていた。その上、金色と言っていい琥珀色の瞳をしているので、この世ならざる存在に思えた。

コルセットで締められた腰の細さや、身に纏っている豪華な刺繍の施されたアイボリーのドレスの色味も相まって、現実味がないと思ってしまう。

そこに存在しているのか確認するために、アイザックは挨拶のキスを乞う。

手を差し伸べるとステラは頬を赤らめ、作り物のように華奢な手をアイザックの掌に載せた。人差し指の根元に口づけると、確かにそこに彼女がいるのだとわかった……気がした。

仲を深めるために、二人きりで広いサンルームでお茶を飲む。

ガラス張りのサンルームからは楽園かと見まごう庭園が一望でき、白い大理石と金の装飾で統一された作りは別世界だ。

出されたティーセットも花柄の可愛らしい陶器で、金色のティーハンドルを摘まむとままごとでもしている気分になる。

「アイザック様は軍部にいらっしゃるのですね」

「恐ろしいですか？　ステラ様」

「いいえ。人を守る立派なお仕事です。それに、私のことはステラとお呼びください。親の爵位は同じですし、年齢は私のほうが年下です」

その答えを聞いて、アイザックは少しだけステラに対する認識を改めた。

儚げな外見のまま、鳥籠の中で大切に育てられた砂糖菓子のような少女かと思いきや、彼女は割と自分の意見をハッキリ言える人だ。

普通の女性なら、表情があまり表に出ないアイザックを前にして、「怒っていらっしゃるの？」と怯えるところだ。

ステラはそんな様子はなく、ニコニコとしながらアイザックと会話を進めている。

話題も、男の話を聞いてもつまらないと思うのに、軍でどのようなことをしているのか知りたがったり、エインズワースという国にも興味を示したりする。

彼女の話を聞けば、予想通り毎日決められた生活を送っていて、作法と勉強ばかり。

だがステラは「知らないことを学べるのは、喜ばしいことです」と言っていた。

気がつけばアイザックは十一歳年下の少女相手に、多少の尊敬すら覚えるようになる。

その時、帝国にはひと月ほど滞在していたのだが、一週間が経つ頃になると、「この少女を守る剣になってもいいか」と考えを改めるようになっていた。


だが滞在していたある日、突然宮殿が襲撃を受けた。

帝国の皇族やアイザックたち客人が、庭で揃ってティータイムを過ごしていた時だ。

庭で火の手が上がり、すぐに護衛の騎士たちが皇族を守り、エインズワースの軍人も剣を取った。

だが間が悪かったのは、その時アイザックとステラは皇帝たちから離れた場所まで庭を散策していたことだ。よって二人はそれほど多くの護衛に囲まれていなかった。

アイザックとステラについてきたのは二人の騎士と二人の軍人。

二十人ほどいる襲撃者に囲まれ、すぐにアイザックも剣を抜いて応戦した。

何より、ステラを守らなければいけないという使命感に駆られる。

戦って相手を撃退するより、アイザックはステラを守ることを優先し、彼女を大きな木まで連れていき、それを背に応援が来るまで戦い続けた。

優美な庭園のあちこちから火の手が上がり、爆発音も聞こえる。

あとから聞いた話では、宮殿に出入りする商人のふりをして、積み荷に武器を隠して侵入したようだった。

それらが城門を内側から開け、外からさらに仲間を呼び入れたのだという。

刺客たちはそれほど腕が立つわけではなく、軍部で揉まれて腕を上げているアイザックは、それほど苦戦することなく相手を倒すことができていた。

(だが……おかしい。皇帝を暗殺するなら、もっと手練れを送り込むべきではないか？　まるで取りあえず大人数を入れて攪乱しているようだ)

考えながらもアイザックは剣を動かし、四方八方から襲ってくる相手を前に立ち回る。

なにぶん人数が多いので、片手剣の他に奥の手である腰の短剣も使い、その他、足で相手を蹴り飛ばし、しゃがんでは足元を払い、攻撃を躱して剣を繰り出し……と忙しい。

その大人数に気を取られていたのが間違いだった。

「きゃあっ！」

「！」

後方からステラの悲鳴が上がったかと思うと、木の幹を背に動かないようにと念を押した彼女が、ニヤニヤ笑いを浮かべた爬虫類を思わせる男に腕を引っ張られている。

その男は、剣にヘビが絡んだ紋章のついた薄布で口元を隠していた。

「ステラ！」

とっさにアイザックは刺客たちに背を向け、ステラを奪還すべく動く。

背中を切りつけられ痛みが走ったが、歯を食いしばりステラと男を追いかける。

間に刺客が立ち塞がったが、アイザックは走る勢いのまま彼らの足元をスライディングで抜け、相手にせずまた走る。

「いやです！　離してください！　離しなさい！」

引っ張られているステラは懸命に手足をつっぱり、男に抵抗する。

だが胸はすでに大人のような膨らみがあるとはいえ、彼女の体つきは華奢な少女のものだ。体重も軽く、三十代半ばほどの男の腕力に敵わない。

それでもステラは反抗し、とうとう足を動かすことをやめて地面に倒れ込もうとする。

「ステラ！　そんな悪い子はお仕置きをするぞ！」

なぜかステラの名前を知っている男が激昂(げっこう)して手を振り上げた時、アイザックはジャケットの内側に隠していた小型のナイフを投げつけた。

「ギャッ！」

ナイフは男の手を掠め、血を流させる。

（当たらなかった！）

アイザックはギリッと歯ぎしりをして悔しがったが、わずかな時間を稼ぎステラの元まで辿りついた。

「ステラ！　摑まれ！」

そう言ってステラの体を左肩に担ぐと、利き手である右手の剣で群がる刺客をいなしながら、逃亡に全力を割いた。

だが、ステラに髪の毛一本でも傷をつけて堪るかと、左側ばかりを守っていたからか、右側の防御が薄くなった。

二人の剣を受けて一瞬動きが止まった時、右側から襲いかかってきた刃を避けきれなかった。

「!!」

目の前が真っ赤に染まる。

右目が熱い。

いや、痛い。——痛い。燃えるほどの激痛だ。

頭がグラグラするほどの眩暈を覚え、まともに立っていられなくなる。

「アイザック様!!」

喉が裂けてしまうのではというほどのステラの叫び声を聞き、アイザックはすべてを捨てた。

剣を手放し、両手でステラを抱えたまま、自分の体が傷つこうが構わず、走りに走った。

途中で数えきれないほど切りつけられた気がするし、ドッと肩の辺りに何かが刺さった気もする。

全身が炙られているように熱い。苦しい。痛い。

右目は濡れたものに覆われて見えず、左目だけを頼りに走り抜いた。

やがてお茶会をしていた開けた場所まで出て、遠くから息子の姿だと判別したのか、「アイザック！」と父が叫ぶ声が聞こえた。

平衡感覚がなく、まっすぐ走れているかわからない。

ステラを抱く腕にのみ力を込め、あとは勘と気力だけで建物目指して進んだ。

食いしばった唇の間から、情けない声が漏れたかもしれない。

助かった、と思ったのは、皇帝がアイザックとステラの姿を見て目を瞠り、「二人を守れ！」と声を飛ばしたのを聞いた時だった。

「アイザック！　こっちだ！」

ランドルフの凜とした声が聞こえ、アイザックはフラフラとした足取りのまま彼の声を頼りに走る。

途中で大勢の騎士たちとすれ違い、後方で剣戟が聞こえて「もういい」のだと理解した。

宮殿の一階テラスに繋がる低い階段に着き、アイザックは力尽きて膝をつく。

「アイザック様！」

地面に投げ出されたステラが、泣きながらアイザックに取り縋る。

——すまない、守れなかった。

ステラの声がしているということは、彼女は無事なのだろう。

だが今までエインズワースで、周囲から剣の腕を褒められていたアイザックは慢心していた。

傷を負った自分の失態に酷く自尊心を傷つけられ、「失敗した」と後悔にまみれながら——気を失った。

アイザックが気を失っている間、発達した帝国の医療技術により目や傷口の手術や治療が行われた。

帝都で怪我を負ったのが、不幸中の幸いだった。

気がつけば全身包帯でぐるぐる巻きになり、右目を塞がれたまま寝台に寝かされていた。

そこは宮殿の奥深い場所にある部屋で、日に何度か看護婦が包帯を取り替え、体を拭きに来る他、ほぼ誰も来ない。

酷い怪我を負ったアイザックは連日高熱にうなされ、自分がどれだけの期間臥(ふ)せっていたのかすらわからないでいた。

襲撃を受けたのは初夏の頃で、アイザックがようやく人と会話できるようになったのは、秋頃だ。

最初は面会謝絶だったが、まずランドルフが姿を現しアイザックに頭を下げた。

「客人をこのような目に遭わせてしまい、言葉がない。心から謝罪する」

仰向けに寝たまま、アイザックは皇帝が無事でよかったとぼんやり思う。

そして乾いた唇で尋ねた。

「……ステラは？」

「君のお陰で無事だ。君は私の従妹を守ってくれた英雄だ。可能な限り、なんでも礼をしたい。望みはあるか？」

尋ねられても、アイザックは特に何も望むものがなかった。

あるとすれば——。

「……ステラを」

きちんと彼女を守れたのか、自分の目で確認したい。

その意思を理解したのか、ランドルフは頷いて「今日は疲れただろうから、明日ステラを連れてくる」と言い、部屋をあとにした。

また一日の半分以上を寝て、気がついた時に食事を取る。

面会はアイザックの意識がある時なので、ランドルフが明日と言っても、実際ステラと面会したのは三日後だった。

「アイザック様」

ずっと眠っていた意識を浮上させ、瞬きをして左目を開くと、左側から声がする。

微かに首をそちらに向けると、変わらず光り輝くほど美しいステラが、大きな目に涙を湛えてこちらを見ていた。

「私がわかりますか？　ステラです」

彼女は怪我を負った様子もなく、元気そうだ。

「……よかった……」

呟いてぎこちなく笑うと、右目に繋がる顔の筋肉が痛んだ。

「アイザック……っさ、――っう、――あぁ……っ」

ステラは静かに嗚咽しだし、ベッドに顔を伏せてしばらく泣き続けた。

「私を恨んでいますか？」

泣き終わったあとステラにそう尋ねられ、アイザックは「まさか」と笑う。

逆に格好悪いところを見られ、幻滅されたのではないかと絶望しているのはこちらのほうだ。

「私にできることがあったら、なんでも言ってください。本当になんでもいたします。一生、アイザック様にお仕えします。あなたの……っ、私があなたの右目になります！」

せっかく泣き終わったというのに、ステラはまたポロポロと涙を零して懸命に訴える。

その時、アイザックの心の中で悪の芽が小さく芽吹いた。

──この右目の傷がある限り、ステラは本当に一生私の側にいてくれるのだろうか？

自分は強いと思い、エインズワースで慢心していたアイザックの誇りは、この戦いでズタズタに引き裂かれた。

そのアイザックに、妖精のように美しいステラが泣いて縋りつき、「なんでもする」と言っているのだ。

今の自分は一人で立つこともできず、食事すら口元まで運ばれて食べるのがやっと。看護婦に体を拭いてもらい、下の世話をしてもらう始末だ。戦うなど夢のまた夢。

軍人として役立たずであるという現状は、アイザックから人としての尊厳を奪っていた。

自分は人として底辺にいると思い込んでいる彼に、ステラは同じ高さまで落ちてくれ、アイザックの言うことならなんでも聞くと言ってくれている。

──この子を離したくない。

アイザックが最初にステラに抱いた想いは、「この子を守れる剣になれたら」という、保護者的でまっすぐなものだった。

だが今どす黒く心を支配しているのは、誇りを失った自分にどこまでもついてきてくれるステラへの執着だ。

──この綺麗な少女さえ自分を求めてくれれば、まだ救いがあるのでは。

──ステラの同情と罪悪感がある限り、自分は孤独にならない。

——もしかしたら軍部に復帰できないかもしれない自分を、ステラだけは見捨てないでくれるだろうか。

執着、打算、歪んだ愛の渇望。

そのような感情が心の奥底からとめどなく溢れ、誇り高かったアイザックの心を汚泥で満たす。

乾いた唇が小さく微笑み、アイザックは優しく告げた。

「……ずっと私の側にいてくれるか？　君を大切にするから、こんな私でもいいなら、側にいてほしい」

執着の籠もった愛の告白に、ステラは嬉しそうに微笑んだ。

「はい……っ！　一生、お側にいさせてください！」

涙を零しながら頷いたステラは、頬を染めてアイザックの顔を覗き込み——、自ら唇を重ねてきた。

初めて味わった婚約者の唇は、涙の味がした。

「……約束だ」

もたげられたアイザックの手に、ステラは小指を絡めて誓いを立てた。

その後ステラは看護婦に交じって甲斐甲斐しくアイザックの看病をし、傷が疼いて眠れない時は子守歌を歌ってくれた。

どこかもの悲しいメロディーのそれを、アイザックはいつのまにか覚えて自分でも口ずさむようになっていた。

帝国で治療を受けたあと、アイザックは段階を経て回復し、普通に歩けるまでになった。冬になる前には人の手を借りて歩行訓練を始めていたのだが、エインズワースに戻るにはこれから海が荒れる季節になり、次の年になるまで滞在を延期した。

父は本国での仕事があるので先に帰国し、アイザックの身はランドルフが責任を持って預かっていた。

ステラの両親はアイザックを「娘の命の恩人だ」と言い、二人の関係を政略結婚以上に応援してくれる。皇帝ランドルフも無条件で味方になり、アイザックは恐らくエインズワースで一番帝国の信頼が厚い人物になっていた。

命をかけて婚約者を守ったアイザックに、誰も文句を言わなかった。

彼は普段から品行方正であり、軍に属していることもあり規律正しくあることを好む。清廉潔白で嘘が嫌い。無駄口は叩かず思慮深い。

元からの性格も手伝い、誰もがアイザックに全幅の信頼を置いた。

だからこそ彼は、それを利用して隠れたところで少しずつステラに手を出していた。

冬の庭園を散歩し、誰も来ない温室でステラとキスをする関係を重ねる。可憐な少女の唇を味わい、そのうち舌を絡ませる大人のキスも覚えさせた。

それでもまだ十二歳である彼女にキス以上のことをするのは罪悪感があり、思わせぶりな〝大人の距離感〟を覚えさせ、自分に夢中にさせた。


やがてアイザックはエインズワースに帰国する。

「絶対にまたいらしてくださいね？　お手紙を書きます。お返事をください」

港でステラは泣きじゃくり、眼帯をつけたアイザックは苦笑する。

「そう泣かなくても、私たちは婚約者だからすぐに会えるとも。エインズワースと帝国の間には定期船も航行しているから、折を見てまた帝都を訪れる」

「絶対ですよ？」

涙を孕んでアイザックを見上げるステラの目は、完全に恋を知る者のそれだった。

「約束する」

最後にアイザックはステラの手の甲にキスをし、従者に声をかけられて船に乗り込んだ。

時が経ち、そのあともアイザックは約束通りステラと手紙のやり取りをし、何度も帝国を訪れた。

自分が何年経ってもつまらない男であるのに対し、ステラは会うたびに違う美しさを見せてくる。

物憂げな思春期を経て、皇族としての自覚があるしっかりとした大人の女性になる姿を、日々近くで見られないのは残念だ。

それでもステラはアイザックに会うと、べったりとくっついて離れなくなる。

二人きりになると、どんどん大きく膨らんできている胸に触れる関係になり、キスもより淫らになってゆく。

けれど結婚の時まではと思い、最後まで手を出すのは我慢していた。

「アイザック様。大好きです」

バラの香気が濃密に香る庭園で、ステラはアイザックに囁いて幸せそうに笑う。

「私も君を愛している。早く君を娶りたい」

声が聞こえない距離に見張りを立たせ、二人はベンチで睦言を交わしていた。

キスをし合い、ドレスの上からステラの大きな胸を揉み、カリカリと乳首の辺りを引っ掻く。それだけで彼女はトロンとした顔になり、アイザックの欲望は胸の奥底で猛り狂う。

——だがまだだ。

お楽しみを結婚後に取っておき、純白のドレスを纏った彼女と誓い合ってから、貪り尽くすのだ。

「アイザック様がいない毎日は、太陽を失った世界のようです」

ステラはアイザックの胸板に頭をつけ、物憂げに呟く。

その言葉を聞いて「嬉しい」と思う自分がいる傍ら、複雑な思いに駆られる自分もいる。

――所詮、ステラはこの眼帯を見てそう思い込んでいるのではないか。

ステラを独占し、彼女を愛し結婚したいという思いがあるのとは別に、過去に大きくねじれてしまった気持ちがアイザックの心に深い根を張っている。

――眼帯をした醜い顔の男など、本当は好みではないかもしれない。

――罪悪感だけで、小鳥の雛のような〝刷り込み〟で私を好きだと思い込んでいるだけかもしれない。

そんな弱気な思いが胸にある。

このままステラを死ぬまで騙し続けると思うと、辛くて堪らない。

アイザック自身、一度は軍人として役立たずになることを覚悟した。しかし思いのほか彼の体は頑丈にできていた。

帝都での治療と訓練を重ねて、エインズワースに帰ったあとは、それまで慢心していた自分を恥じ、初心に返ってひたむきに体を鍛え、訓練に身を投じた。

自分は強いなど欠片も思わず、常に人に狙われている危機感を持って仕事に没頭する。

そのお陰で、今は身も心も健康を取り戻せていた。

だからこそ過去に大きく病んだ自分が、彼女に「側にいる」と誓わせてしまったことが悔やまれてならない。

ステラの本心を歪めて、自分のことを好きだと思い込ませているのだとしたら……。

彼女が純粋でとても性格のいい娘であるだけに、日に日に罪悪感が増してゆく。

けれど一度もそのことについて話し合うことができないまま、時が過ぎてしまった。


やがて父が風邪をこじらせて亡くなり、アイザックはリーガン公爵と呼ばれるようになった。本来ならステラとの結婚は彼女が十七歳の時を予定していたのだが、爵位を継いだ関係で身の回りが忙しくなり、二年延期してしまった。


そしてようやく花嫁を迎えに行けると思えば、彼女が乗った船は海賊船に襲われたと聞く。

気がおかしくなりそうな中、調査に調査を重ね、裏オークションの話を摑んだ。

数年ぶりに姿を見たステラは、仮面をつけ肌も露わな格好で鳥籠の中に入っている。

哀れにも怯えきった表情で値段をつけられ、アイザックはあまりの怒りに裏オークション会場で叫びかけた。

やっと彼女を腕に抱けば、ステラはいっさいの記憶を失っていた。

その時、またアイザックの中で悪の芽が芽吹いてしまった。

——これは好機かもしれない。

——自分の片目のことなど覚えていない彼女に、一から好きになってもらえたら……。

その思いは、自分の罪悪感をなかったことにするために、失われたステラの記憶を利用する愚かしい考えだった。

ステラの事情がどうであっても、自分は彼女が誰であるかわかっていて、彼女を最後まで愛し抜ける。

そう思い、アイザックはステラに「君は私の婚約者だ」と告げることをしなかった。

だが——。

『私の恋心を、罪悪感なんてものに勝手に変えてしまわないで……っ』

記憶を取り戻したステラに泣きながら言われ、目が覚めた。

自分が何者であるかわからずに苦しむ彼女を目の当たりにしていたはずなのに、なんと残酷な夢を抱いてしまったのか……。

泣きながらも大きな声でハッキリとステラに自分の意思を告げられ、彼女のまっすぐな想いに打ちのめされた。

アイザックが日陰に立ってジメジメとした想いを抱いているのに対し、ステラはどんな状況になっても自ら光り輝き、アイザックを愛することを恐れなかった。

「私がバカだった。許してくれ」

新婚初夜の褥（しとね）で、アイザックは疲れ果てて眠っているステラに口づける。

豊かにうねった髪の毛を手で梳り、眠ると幼く見える彼女の顔を見て、また額に唇を押しつけた。

「私のひねくれた独占欲は、光り輝く君の愛情で浄化された。これからはきっと、後ろ暗く思わずまっすぐに君を愛せる。かつて抱いた罪の感情の分、私の人生を君とこれから生まれる子に捧げよう」

今宵、初めてステラに眼帯の下の目を晒し、恥部と思っていた場所にキスをされ、舐められた。

あの歓喜と、罪を洗い流された感覚は筆舌に尽くしがたい。

自分のことを罪と劣等感にまみれた男だと思っていたアイザックに、ステラという名の女神が洗礼を施したと言っていいほどの、清らかな衝撃だった。

「……愛してる。私のステラ（星）。一生君だけを守り抜く」

花嫁に囁き、アイザックは彼女の香りを胸一杯に吸い込んで、穏やかに目を閉じた。

完

あとがき

こんにちは。臣桜です。このたびは『記憶喪失の花嫁は死神元帥に溺愛される』をお手に取っていただき、ありがとうございました。

前作の『いじわる義兄』を書いていた時から、リドリアの上司的存在であるリーガン公爵には、別の物語のヒーローになってほしいなと考えていました。それが三作目で叶い、大好きな軍人、隻眼ヒーローとして書けて嬉しい限りです。

リドリアは『いじわる義兄』では残念なイケメンとして登場していましたが、今作では有能な部下という立ち位置で活躍してもらいました。そして一作目の『官能に堕ちた巫女王』のランドルフとマリアリーシャも少し出てきて、私のハニー文庫さんの作品を読んでいただけていると、一作で三倍美味しい物語になりました。

因みに、時系列としては『巫女王』、今作、『いじわる義兄』の順番です。

波乱に満ちたステラとそれを見守るアイザックのお話、如何でしたでしょうか？　私のお話と言えば……な執着もあり、眼帯の下の目にキスをし、舐めるシーンはお気に入りです。そしてルビーもお気に入りのキャラです。実は戦闘シーンを書くのも好きなので、本当に好きなものを詰め込んだ一作になりました。

謝意を。イラストを描いてくださった園見亜季先生、ありがとうございました。軍人眼帯ヒーローが大好物なので、園見先生のイラストで見られて眼福です。ステラも可愛く描いてくださり、ありがとうございました。

担当様、デザイナー様、他今作に関わるすべての方々にお礼申し上げます。

書く環境を支えてくれた家族、友人にも感謝を。そしていつもSNS等でお話してくださっている方々、いいねをいただくだけでも励みになっております。

もしお話を面白いなと思いましたら、出版社様までファンレターや感想のメールなどをお待ちしております。その応援の声が、次作に繋がるかもしれませんので……！

それでは、次作がありましたら、新しいお話でお目にかかれたらと思います。

二〇二一年四月　桜が咲き始める寸前の札幌で　臣桜

本作品は書き下ろしです

臣桜先生、園見亜季先生へのお便り、
本作品に関するご意見、ご感想などは
〒101-8405
東京都千代田区神田三崎町2-18-11
二見書房　ハニー文庫
「記憶喪失の花嫁は死神元帥に溺愛される」係まで。

記憶喪失の花嫁は死神元帥に溺愛される

2021年7月10日　初版発行

【著者】臣 桜

【発行所】株式会社二見書房
東京都千代田区神田三崎町2-18-11
電話　03(3515)2311[営業]
　　　03(3515)2314[編集]
振替　00170-4-2639
【印刷】株式会社 堀内印刷所
【製本】株式会社 村上製本所

落丁・乱丁本はお取り替えいたします。
定価は、カバーに表示してあります。

ISBN978-4-576-21084-1

https://honey.futami.co.jp/

甘くとろける蜜の恋☆濃蜜乙女レーベル
Honey Novel
いじわるな義兄に
いびられると思ったら
溺愛されました!?
Novel 臣桜
Illustration 炎かりよ

臣 桜の本

官能に堕ちた巫女王
〜皇帝に暴かれた芙蓉国〜

イラスト=獅童ありす

男子禁制の芙蓉国ファナキア。その神聖なる巫女王の秘密のベールを、帝国ガラナディンの皇帝が暴いた時、処女王は愛の悦びを知る…。

阿部はるかの本

訳あり令嬢の婚約破談計画

イラスト＝成瀬山吹

三度の婚約破棄を経て倍も年上の辺境伯クラウスへ嫁ぐことになったフィオナ。
破談がお互いのためと心にもない言動を繰り返すが…!?

甘くとろける蜜の恋☆濃蜜乙女レーベル
Honey Novel
幼なじみの騎士様の愛妻になりました
Novel 真宮藍璃
Illustration すがはらりゅう